シングルっていいかも

女ひとりで想うこと

岸本葉子／編

知恵の森文庫

光文社

目次

シングルってていいかも　女ひとりで想うこと

鏡を見て笑顔の練習を

光浦靖子

私の初対面の印象の悪さは、名人クラスまできた。本当に評判が悪い。一〇〇パーセントの人が悪いイメージを持つらしい。あのね、世の中一〇〇パーって、そうそうないよ。

でもいいじゃん。誰にでも愛想がいいってウソくさいし、分かってくれる人は分かってくれるし。なんて、自分を肯定し、騙し騙しやってきたが、もう限界だ。「初対面の人が苦手で」が許されるのは、20代まで、しかも前半まで。もしくは、どえらい才能をもった天才まで。私は何だ？ 30半ばで、中途半端なタレントで、ブスのくせにブスッとしてて……。「お前は何様だ！」と言われてもしょうがない。

分かってるんですよ。初対面の印象が悪くて、一番損するのは私だって。芸能界、一期一会のほうが多いですからね。一度嫌いになったら、二度と使いませんもんね。分かってるんです。でも、あの、ニコリができないんです。私は甘えてるんでしょうか？

こないだも、初めてのスタッフ（バラエティー）との打ち合わせの後、相方の大久保さんに言われた。「もうちょっとニコッとしたら？　こっちがヒヤヒヤするから」。あまりの私の無愛想さに、スタッフがキレるんじゃないか、そう心配したらしい。

言わせてもらいますけどぉ……。私にもそれなりの理由がある。

まず、男（スタッフ）の位置が違う。長テーブルで、空いている席は沢山あるのに、私の横に座ったのだ。初対面ですよ。男ですよ。お前は私の恋人か？　と思うわけですよ。

で、距離が近い。椅子の距離が、20センチもあいてなかったのだ。だから私は、なにげに椅子を離した。そしたら、その男が、当たり前みたいに椅子を近づけてきたんですよ。そんなに近づかなくても声は聞こえるよ。お前は、私の耳元で語りたいのか？　ピロートークか？　と思うわけですよ。

で、挨拶。「お願いします」と言いながら頭を下げず、首を前に出すおじぎってやつをした。ま、それは良しとしよう。こっちも同じようなもんだから。で、その時、私の顔を覗き込み、「オレの声、聞こえてます？」な顔をして、目を合わせてきた。ま、これも良しとしよう。目を見て挨拶しなきゃいけないからね。ただその後、私が目をそらしたというのに、男は目をそらさなかったんですよ。人の目をジッと覗き込んでいるんですよ。キスでもするのか？「全てが近いの!!」とキレてしまうわけですよ。こうなると、もう、やることなすことイライラしてしまい、打ち合わせどころじゃなくなる。「距離のとり方が近いんだよ。お前は鈍感だなあ。そんな鈍感な人間がいいモノをつくれるの？　鈍感、鈍感、鈍感」。

どうです？　十分心を閉ざしていい理由ですよね。あら？　別にそうでもないですか？　やっぱり私がカリカリし過ぎなんでしょうか？　大人だったらそれぐらい我慢するんですか？　私が甘えてるんですか？　はぁ……。

誰に対してでもこんなに神経質になるわけじゃない。初対面の人だけだ。それは、全ての初対面の人に、だ。2回、3回と会えば全然気にならなくなる。男性が苦手というわけでもない。男は好きだし、常に恋人を求めてるし、常にスキンシップも求めている。でも、知らない奴が私の側にいる、たまらなくイヤなのだ。……猿並みだな。初めて見る者は敵、目を合わせるのは決闘の合図、になるなんて。私は猿だ。

その点、芸能人は大丈夫だ。なぜならテレビで見ているので全くの初対面とは感じないからだ。何度か会っているように感じる。だから、けっこう愛想よく挨拶できる……。

と、最近までは思っていた。

先日、NHKドラマの制作発表があった。秋元康さん作の『笑う三人姉妹』という、嫁にいけない三人姉妹を中心としたホームコメディーだ。長女役に浅野ゆう子さん、次女役に私、三女役に牧瀬里穂さん。「何で上下美人で、真中コレだよ?」なんて思ってたら、どんなドラマも見られませんよ。牧瀬さんだって言ってくれたもん。「アゴは似てますよね」って。ドラマの撮影はすでに終わっていた。いい雰囲気で、和気あいあいとした感じの撮影だった。そして、秋元さんと三姉妹で、「見てくださいねー」の記者会見をしたのだった。その中で記者から「お互い、どんな人ですか?」という質問があった。そして、その答えにびっくりしてしまったのだ。

まず、浅野さん。

「光浦は最初の印象が相当悪くてですねえ。ムスッとして、態度もでかくて、うまくやっていけるか自信がありませんでした……」

え? え? え? ウソ? そんなに印象悪かったの?

「でも、一緒に撮影していくうちに……」

「でも」の後からは、すごく誉めてくれた。初め落として、後誉める。トークの一手段だ。目の前で悪いこと言えるってのは、仲のいい証拠だ。分かる、ちゃんと分かる。でも、浅野さんに、そんな風に思われてたなんて……。ウソだ。いや、ウソに違いない。だって、浅野さんって、私がずっと会いたかった芸能人の一人だよ。しかも特別な人だよ。

私は幼少の頃、浅野さんに助けてもらったことがあるのだ。当時、私は7歳くらいだったかな？　近所のシロキヤスーパーに、浅野さんが歌のイベントにやって来たのだった。あまり広いとはいえない広場に、人が立ち見でぎっしり、その真中辺りに私は立っていた。浅野さん登場。そのまま1曲。生まれて初めて見る生芸能人はキレイだった。細くて、長くて、何だこりゃ？　私は魂が抜かれたように、ぽけーっとなってしまった。鼻が痒くて、鼻の穴に指をつっこんだが、その指を抜くのも忘れ、見とれていたのだった。「へぇ――」と。

歌が終わり、司会のお笑い芸人らしき人が後ろから出てきた。そして私を指差しながらこう言った。

「そこのお嬢ちゃん、ちゃんと歌聴いてた？　鼻くそほじってる場合じゃないよ」

と。会場中の人が私を見た。そして、笑いが起こったのだ。

「あ、私、指、あ、あああ」

私の鼻の穴には、まだ指が入ったままだった。顔が真っ赤になった。子供の頃の私はとにかく恥ずかしがり屋で、こんなことを楽しめるハートの強さは持っていなかった。みんなが見てる。みんなが笑ってる。どうしよう。どうしよう。恥ずかしくて、悲しくて、みるみる涙が溢れてきた。恥ずかしくて死にたいよ……。

「やめなさいよ。そんな意地悪言うの。かわいそうに。ちゃんと聴いてくれたよね」

浅野さんが言った。

「誰だって鼻くそほじるでしょ」

「え？　ゆう子ちゃんも？」

「いや、私は……」

会場はまた笑いに包まれた。みんなは一瞬にして私を忘れた。そしてステージのトークにくぎ付けになった。「あ、浅野ゆう子が、私を助けてくれた。かばってくれた。あの人は命の恩人じゃ」。その時、子供心に誓ったのだ。「この人にはけっして足を向けて寝まい」と。

ま、この商売についた今は、私をいじった司会者の気持ちの方がよく分かるんだが。

だから、浅野さんに対し、私が無愛想な挨拶をするはずがない。ドキドキと、感謝の気持ちをこめて挨拶したはずだ。なのに、ムスッとしてたなんて……。え？

しかし、次に答えた秋元さんもなんと同じ出だしだったのだ。

「僕も光浦の印象は悪かったですねえ。感じ悪い女だなあって。挨拶したのに、ふーん、って……」

ウソだ、ウソだ、ウソだ。私、秋元さんに挨拶した時覚えてるもん。あー、これが秋元康か、って緊張したの覚えてるもん。……まじでぇ？　あ、作家だもん。面白いと思って話作ったのよ。そうよ、そうであってくれ……。

記者会見が終わった後、2人に聞いた。

「本当はイヤな感じじゃなかったでしょ？」

2人とも声をそろえて言った。

「いやーな感じの女だったよ」

え？

その時、牧瀬さんが言った。

「私、初めて光浦さんに会った時、挨拶したのに無視されましたよ」

え――？　もう、いやだ。誰だ、その女？　私じゃない。分かんない。誰だ？　二重人格のもうひとりのほうじゃないの？　私じゃない。

初対面の人の、あそこがイラつくだの、ここがイラつくだの言ってる場合じゃない。お前が直せ、だ。自分じゃニコニコしてると思ってた挨拶がこれだよ。はたから見たら感じ悪いんだよ。じゃあ、イライラ全開の打ち合わせって……。いつか殺されるな。

今さら鏡を見て笑顔の練習ですよ。人として遅くない？

編者のひとこと

今の仕事をはじめて間もない頃、企画の相談で会った男性に、別れ際言われた。「あなたって、自分の興味がなくなると、すぐ顔に出ますね」。ぐさっ。胸に突き刺さりました。社会性がないと非難されているようで。

でも、でも、ご指摘どおりかもしれないけれど、言い訳プラス反発したくはあったのです。だったら、相手が興味を失っていると知りながら、えんえんひとりで喋り続け、相手を拘束して悪びれもしない神経って、どうよ?

正直と甘えとの間は、たしかにビミョウで、「わかってくれる人はわかってくれる」は無反省の危うさが。だからこそ、鏡の前で笑顔の練習をするわけですね。日常では地のままでいることが許されてしまうシングルは、意識して「社会化」する努力が必要なのかしら。

シングルっていいかも
ある日、駅の女子トイレで気づいたのです
ハッ
なに？この目ジリのシワは!!
20代の頃にはなかったはずなのに!!
ん？
こういうヘアスタイルってもう30代には無理があるのかも
で、やめたのあの髪型
まだ大丈夫だよ～

体型もくずれてきたしジーパンも、もう卒業かな〜
やだ〜〜〜〜今、ジーパンなんて言ったら、若い子に笑われるよ
そっか、ジーパンじゃなくてジーンズか
あのね、デニムって言うらしいよ
………
ずーっとシングルだと自分が年とってることを、うっかり忘れるんだよね〜
でもさー
忘れたっていいじゃんね〜

ダブルかツインか

藤堂志津子

先日、同じ業界の男性で、私より少し年上の方と対談したときにたずねられた。

「たとえば男性とひと夜をともにする場合、トードーさんはダブルベッドを望みますか、それともツインで別々にというほうを選びますか」

その方の説によると、男女の区別なく、この質問は、おおむねそのひとの性格を反映するものだという。

私はそくざに答えた。

「ぜったいにツインにします。できることなら、部屋も別々のほうがいい。どれほど気に入っている相手でも」

これは二十代の頃から変わらない。

熱烈な想いを寄せている男性であろうとも、夜、眠るときは、相手の体温を感じないで、自由に、ラクに休みたいと切実に思う。

男性の胸に抱かれて、とか、腕枕で眠る、などは、想像しただけで息苦しくなってくる。

しかし、女性はそうされたいもの、ときめつけている男性も少なくはないらしいし、女性にも私とは正反対のタイプがいると聞く。

「私を本当に愛しているのなら、ひと晩中、腕枕していて」

はたして、どちらを望む女性が多いのか、アンケートでもくばって知りたいところである。

睡眠の好みはまちまちだ、そううっすらと気づいていたその昔から、私はおつきあいする男性には、早いうちからこの意思表示をそれとなくやっていた。

いざ就寝の段になって、もめたくはないし、へんな誤解は避けたいからである。

「私、眠るときは、どんなに好きな男性とも別々に、というのがいいのです。べったりとくっついて眠るのが愛情のあかしとは、まったく思っておりませんから」

賛同してくれる相手もいた。

どうして？とばかりに無言で私を見返す方もいた。

攻撃してくるひとも、いなくはなかった。

「それっておかしいな。きみは女性にしては変わっているのじゃないのか。好きなら、いっときもはなれたくないのが女心というものだろう」

好きでも場合によっては、はなれていたいのが私の性分なのである。

だが、攻撃してくる男性は、あたまから「女とはこうしたがるもの」と妙な自信で断定し、その断定から、はみだしてゆく私を、おかしな女、とばかりに冷ややかに見つめる。

「ダブルかツインか」とたずねた業界の男性は、迷いなく「ツイン」と返答した私に、にんまりと笑い返し「予想どおりでした」と言い、「ぼくもそうですから」とつけたしてくれたので救われた。

しかし、おつきあいの初期段階で、しかも、まだベッドをともにしていない女性の側から、「私はツイン好み」と宣告されるのは、男性にとって複雑な気持ちになるらしい。

「きみからそう言われたときは、遠まわしの拒否かとも考えたよ。あれこれ思い悩んでしまった」

以前の恋人に、あとになってそう打ち明けられた経験もある。

が、私としては、これはけっこう大切なことなので、早めに告げておくほうがルール違反にならないだろうと判断していたのだけれど、いけなかったのだろうか……。

つまり、それぐらい一緒のベッドで眠るのが、私にはしんどいのである。

キングサイズのダブルベッドなら、まだほっとする。しかも外国人むけのようなそれ。ベッドの両端にお互いが身体を横たえても、すきまはたっぷりあり、寝返りを打っても、相手の身体にぶつかる危険はない。

しかし、このサイズのダブルベッドを置いているのは東京のシティ・ホテルでもかぎられているようだ。

私のように、ダブルベッドはいや、ときっぱりと言う女性も身近にいるけれど、そのほとんどは結婚して何年もたっているひとたちで、独身の女性や新婚の女性は、やはり、そこはかとない夢を「ダブル」に託しているらしい。

というのも、私のような断固とした口調で、いや、とはけっして口にしないからである。

私がこんなにもダブルベッドを苦手とするのは、ふたつの理由からだ。

●ふだんから寝つきが悪い。そのうえ他人がそばにいたら、もっと寝つきが悪くなる。

●たっぷりとした睡眠をとらなければ、翌日の思考力も体調もまるでダメという体質。まったく使いものにならない。母に言わせると、私は赤ん坊の時分から、長時間、眠らなければ機嫌がよくなかったという。

さらに、苦い体験もある。

その頃の私はまだ「ダブルはいや」と事前に言う智恵を持ち合わせていなかった。相手の男性は「女は当然にして男の腕枕を好む」と考えているひとだった。かくして、私は男性の腕にはがいじめにされ、加えて、ひと晩中、そのひとのイビキを耳もとで聞くという悲惨な目にあわせられた。もちろん一睡もできずに朝を迎えたのである。

めざめた相手は熟睡後の爽快な顔つきで私に言った。

「顔色が悪いね。気分が悪いの？」

一睡もできなかった、と正直に告白するにはあまりにも、ほがらかな相手の表情だった。よく眠れたか、とききもしなかった。

それからである。ダブルベッドはいや、と相手に宣告するようになったのは。

イビキの彼とは二度と会わなかった。

しかし、男性の本心はどうなのだろうか。

女性がそれを望むから、そうしてあげるのが男のやさしさで、本当はひとりで眠りたい、そう思っているひとも意外と多くいるのではないだろうか。

あるいは、どちらも別々のベッドで眠りたいのに、相手を気づかって、我慢して同じベッドで寝るケースもあるのではあるまいか。

私の知りあいに、ともに二十代のご夫婦がいて、結婚二年目になるのだが、ある日、その妻のほうが、夫を目の前にして私に腹立たしげに言ったものである。ふたりはダブルベッドに寝ている。

「うちの夫はもう寝相が悪いし、歯ぎしりはするし、うるさくて仕方がないんですよ」

夫はバツの悪そうな顔をしている。

私はそれとなく口をはさんでみた。

「じゃあダブルベッドはやめて、別々のお布団にしたら」

すると妻は憮然として私に反発した。

「でも私たち夫婦ですから」

くり返すけれど、ダブルベッドに寝るのはけっして愛情の証明ではないはずである。

編者のひとこと

お答えしましょう、私も迷うことなくツインです（誰も訊いてない？）。キングサイズであってもノー。掛け布団を引っぱり合うだろうから。部屋もできれば別々がいいです。寝るときの温度や、照明を消すかどうかも、おのおのにとっての快適さがあろうもの。

そもそも寝姿を見せるって、すごく勇気の要ることですよね。腕枕を望む人は、白雪姫のように眠っている自分を思い描けるナルシシストか、愛はいびきやよだれを超えると信じられるロマンチストか。それとも、藤堂さんや私が、リアリスト過ぎるのか。

お互いがまんしないのが、長続きの秘訣ではと思うけれど、あんまり早い段階で、好みを前面に押し出すのも、拒否的に受け取られるのかしら。ありのままでいるって、難しい。

シングルっていいかも
お先に失礼します
おつかれー
仕事今日も忙しかったな～
は～
ガチャ
ただいまー
って言ってもひとりなんだけど
でもただいまって言ってもいいじゃない
ただいま～
わたしのお部屋

暗い部屋に帰るのが淋しいし、早く結婚したいです
とか言う人もいるけど
そういう人って待つ人の気持ちを想像しなさそう
プチ
電気つけりゃすぐ明るい
は──自分の部屋の匂いって
自分の居場所ってかんじ
ひとりが淋しい日だってあるけど
大勢でいたって淋しさはやってくるし
ゴロン
淋しさからは、誰ものがれられないんじゃないのかな〜
あ、なんかいいフレーズ
今日の日記に書こ

私という天体、彼という宇宙

角田光代

たとえばの話、私は靴下を、二枚重ねて爪先部分を洗濯ばさみでとめて、干す。とりこんだら、それをくるくるとまるめていって、片方のゴム部分を裏返して、まるのかたちにして引き出しにしまう。それから、朝早起きしなければならないとき、目覚まし時計もセットするが同時に、げんこで軽く、起きる時間の回数、枕をたたく。六時なら六回、七時なら七回という具合。ぜったいに起きられる。

これは、三十数年の人生で培ってきた確固とした何ごとかである。こんな些細《ささい》なことで何を大袈裟《おおげさ》な、とお思いかもしれないが、事実、そうなのである。目覚まし時計だけで眠るのは不安だし、ゴム部分を洗濯ばさみでとめて干すのは邪道なのである。

このような、馬鹿馬鹿しく、しかし長年培ってきた何ごとかは、生活の、いたるところにある。普段は何も気づかず、意識もせず、鼻歌などうたいながら、靴下を干し枕をたたいて過ごしている。

そうしてあるとき、靴下まるめ収納、枕たたきなどが、世界共通の常識でないことを知って、愕然とするのである。そうしてたいてい、それを私たちに知らしめるのは恋人である。

私の恋人はゴム部分を上にして靴下を干す。まるめたりせず、ただ折り曲げてしまう。枕なぞたたいたこともない。早起きしたいときは目覚ましを二個、携帯電話の目覚まし機能、計みっつの機器によって起きる。そんな世界ってないよ、と私などは思うのだが、くわえて事実、みっつの機器にたよってさえ恋人は起きられないので、枕をたたかないからだと思っているのだが、彼にしてみれば、その干しかた、その起きかたが、みずから培ってきた確固たるものごとなのである。

これが、愛が新鮮なうちはまだいい。新発見の続出は、興奮的で、あまやかで、私たちはひとつひとつのなかに、恋人が生きてきた時間を見ることができる。靴下、ゴムを上にして干すなんて、ばっかだなあ、とほほえんで言えるのである。

しかし、長くつきあったのち、愛が熟し切ったころの新発見になると、事情がちがう。それは恋人の軌跡ではなく、単なる生活習慣の食い違いになる。おそろしい。食い違いは、人をいらいらさせる。あとになってみれば、ばかだったと笑ってしまうけれど、実際、私たちは本気で、靴下の干しかた、朝にパンを食べるかごはんを食べるか、トイレットペーパーを買うのにブランドを選ぶかノーブランドを選ぶかで、ときに泣いて騒いで、大喧嘩をするのである。自分ととことん食い違う相手を、本気で憎んだりするのである。

愛の新鮮さを保存すればいいのか、という話でもない。いつまでも新鮮な愛は、生活とは相容れない。愛の新鮮保持に命をかけすぎると、文字どおり、死ぬの生きるの世界になる。私たちはだれかを愛するのと同時に、生活をしなければならない。軌跡とも食い違いとも呼べる、他人の習性と折り合いをつけなければならない。

私はこういうとき、人は、その人自体が、ちいさな宇宙、ちいさな天体であるのだなあと思う。そのなかに、独自の温度、独自のルール、独自の存在意義を抱えたちいさな天体同士が、寄り添って、寄り添いすぎて衝突する。その衝突が次の世界を生むこともあれば、徹底的に関係を破壊することもある。

ひとりで過ごす時間がたてばたつほど、この宇宙の原理は確固としたものになる。かんたんにいえば、十五歳でだれか他人と暮らすより、三十歳でそうすることのほうが数倍むずかしい。こんなことでいちいち衝突するのなら、いっそのことひとりのほうが楽、好きなように靴下を干して、好きな時間に好きなものを食べて、トイレのドアを開けっ放しで用を足していたほうがずーっと楽、と、思ってしまうこともある。

けれど、それはきっとまちがっている。私、という天体は、ただ暗い空の果てをぐるぐるただよっているわけではない、自分に似た、もしくはまったく似たところのない、ほかの天体と出会うために、長い時間彷徨《さまよ》っているはずなのだ。

目覚ましみっつの恋人と、いろんなことで喧嘩をして、軌跡と食い違いの境界線、すれすれの相違にため息をつきながら、それでも、あるときふと気づく。鼻歌をうたいながら、靴下のゴム部分を洗濯ばさみにとめている自分に。枕をたたいている恋人の姿に。おお、天体の合体、新しい宇宙の出現と、そんなとき、私は誇らかに思うのである。

編者のひとこと

どっきん。角田さんが発見した宇宙の原理の法則。私だけのルールは、ひとりで過ごす年月が長いほど確固たるものになる。

結婚のみならず同居もしたことのない私は、世の中のヒトみんながしていると思い込んでいて実は奇癖、というのが多そう。結婚したら、というよりか、はじめはいいけど愛の鮮度保持期限が過ぎたら、大衝突になるんでしょうね。

でも、それを避けたくてシングルでいる人は、少ないんでは。ぶつからなくてすむ楽さは、シングルのおまけみたいなもんであって、何にひきかえても守りたいほどじゃない。

愛妻家で知られる某氏は言いました。「バターかマーガリンかの喧嘩が、必要なんです」。ちなみに彼の信条は「畳は新しくても、女房は古い方がいい」。

シングルっていいかも
あんたさー
あたしのこと、30過ぎて
結婚もせず、って思ってるでしょ〜
ぜーったい思ってる
つん つん
人間にはいろいろあーるーの
ゴロ ゴロ
ネコにはわかんないのっ
あ〜〜ん もう ごめん、ごめん
ん? なに?
わかる? ネコにもわかる?

「人間にはいろいろある?」
もーあんたよくわかってるじゃん
わたしがシングルのほうがうれしい?
わたしをひとりじめできるもんね～
ねー
ニャンニャンニャーーン
ほーら
お楽しみのところ悪いんだけど
ハッ
早くお風呂入っちゃってよ～
ハイハイ
スタスタ
ね、人間っていろいろ大変でしょ～

どうにかしなきゃ

内館牧子

先日、二十代のOL数人と話す機会があった。

全員が名の通った企業に勤めており全員が未婚。年齢は二十四歳から二十九歳である。私自身も痛いほど経験しているのでよくわかるのだが、彼女たちの言葉は、次の四つである。私が二十代だった頃と何ら変わっていない。

①「このままの暮しじゃいけないって思ってるんですよね。だけどどうしていいかわからない」

②「好きなことを仕事にしたいと思います。でも、好きなことが何なのかわからないんです。自分の好きなことを、今、必死でさがしてます」

③「結婚はいつかします。ひとりでいられるほど強くないし、必ずいつかします」

④「自分を生かすことをしたい。今の仕事は自分を生かせないんです」

この四つの言葉の中で、私が一番面白いと思ったのは「ひとりでいられるほど強くないし」という一言。イヤァ、女の子って、どうしてこう今も昔も同じなんだろう。私だって二十年前、「ひとりでいられるほど強くないし」を連発し、何か言った後にはふとうつむいたりして、この一言をはかな気につけ加えたものであった。

適齢期にある女たちの多くは、かなり保守的である。少なくとも保守的に見せることは忘れない。「このままじゃいけない」と思い、「好きなことを仕事にしたい」と願い、「自分を生かしたい」と叫んだ後でハッと気づくのである。「こんなことばかり言ってると、ますます縁遠くなるわ」と。そこであわててつけ加えておく。

「ひとりでいられるほど強くないし」

よく考えてみれば、「結婚したい」と言うより「ひとりでいられるほど強くない」とアピールする方がずっとしたたかで、ずっと品のない媚《こび》である。こう言ってさえおけば、その前に叫んだ「強さ」はすべて中和されるという意識が女たちの中にある。むろん、本当に一人で生きられないと思っている女もあろうが、「私は男の支えが必要な女なのよ」というアピールを、多くの女は示したがる。私自身、やっていた時期があるのでよくわかる。が、賢い男はこんな媚にはそう簡単に引っかからないものである。

そして、ＯＬたちと話していて、イライラさせられたのは「言い訳上手」なことである。これも三つの言葉で簡単にくくれる。

①「バブルがはじけて、不況じゃないですか。だから今の会社にいる方がリコウだと思うんですよね」
②「もう二十八歳で、何か始めるにはトシなんですよ。トシとかって関係ないって言う人もいますけど、やっぱり二十八にもなると、少なくともバカなことは出来ないし、慎重になりますよね」
③「どうにかしなきゃって思うけど、どういうことしたらいいのか、やり方が具体的にわからないんですよ」
私は話せば話すほどイラ立ってくるのを抑えようもなかった。すべて、自分が動かないですむための、実にうまい言い訳なのである。「バブルがはじけて、トシだから慎重になって、具体的な行動の指針がない」となれば、動かぬ方が賢いということになる。

私は訊いた。

「それなら、腹をくくって、今の会社で精一杯頑張って、楽しく過ごす方法を考えた方がずっといいんじゃない？」

彼女らは一斉に首を横に振った。

「どうにかしなきゃダメなんです。自分を生かしたいの。でも、ひとりで生きられるほど強くない」

再び、私はイラ立って言う。

「なら、少し動いてみれば？」

彼女たちは一斉に言う。

「だって、バブルがはじけて、トシだし、やり方わかんないし……」

この繰り返しである。ニワトリとタマゴみたいなものである。しゃべっているだけで心底うんざりしてくる。本来は出口が見つかる論議なのに、出口を見つけようとしない女たちの、言葉の遊びに近い。「どうにかしなきゃ」と言うのは、女の本能なのかしらとさえ思うほどである。

私は来年のNHK正月ドラマ『坊っちゃん』を書き終えたばかりだが、キャラクター作りの上で、一番考えたのがマドンナである。何とか平成の女たちとクロスするマドンナにしたかった。その結果、「何ごとにも頑張らない」というマドンナにした。

千堂あきほさん演ずるマドンナは、決して「どうにかしなきゃ」などとは言わない。「自分を生かしたい」とも叫ばない。ただひたすら風を見て暮し、

「頑張ってどうするのよ。頑張らないわ、私。その方が楽だしね」

と言い続けている。

バブルの絶頂期には、世の女たちは「三高の男」を狙ったり、仕事を勝ち取ろうと頑

張った。が、今、虚しさも含めて、「頑張りなんか結局、意味のないものね」とつぶやく女がふえているのを知り、思い切ったマドンナ像を作ってみたのである。

が、書きながら苦笑したのだが、絶対に頑張らないという人間を描くのは非常に難しい。人間というものは、どこか頑張るように出来ているとしか思えない。

理屈ばかりつけて動かないとはいえ、「どうにかしなきゃ」と悩むマドンナたちは、まだしも人間的なのかもしれぬ。

編者のひとこと

ひとりでいられるほど強くないし、か。言ってみたい気持ち、わからなくはないけれど、別に強い強い精鋭部隊が、シングルとして残るわけじゃないしなあ。

既婚者からは文句出そう。じゃあ、結婚する女は弱いのか？ふたり（以上）で生きていくのも、それはそれは根性の要ることなのよって。

それになんだか、若いのに、演歌っぽくないですか。冬の海風が吹きつける北の宿にて、決め台詞で言うような……イメージふくらませ過ぎかしら。

何だかんだ言って、選ぶ自由がまだまだある年代のシングルだなと思います。それにしても、バブルの頃の貪欲系シングルに比べ、覇気がないのは、不況もやっぱり微妙に影を落としているんでしょうか。

結婚をアセる人に、恋をしてる暇はない
好きだけじゃ結婚できない

麻生圭子

さて、友人が結婚した。

まずはめでたし、めでたし。

しかしそれにしてものスピード結婚。知り合って2カ月、である。

「高齢（30代のこと、60代ではない、念のため）結婚に、まわり道している時間はないの」

というのが彼女の口癖であったが、見事に有言実行、最短距離でご結婚とあいなった。

私も結婚したいとは思うが、彼女のそれに比べたら、月とスッポン。いやはやここ数年の彼女の結婚にかける情熱、執念たるや、凄まじいものがあった。友人とはいえちょっと理解しがたいものがあったのも事実。

恋愛と結婚は別というのが彼女の持論。恋愛相手はいちいち友人に公表しなくてもいい。だから好きになっちゃえばどんな人でもOK、嫌いになったら別れればいいんだから、というのが彼女の言い分。ま、わかるようなわからないような言い分ではあるが、一理はありそう。

「だけど結婚は違うの。友人に紹介したくないような人と結婚することほど悲劇はないわよ。何も、3つ（3高）がそろってなくてもいいのよ。ただ1つはみんなに（世間に、そして過去の男たちに！）自慢できる高さがないと、ね」

ここまで言い切る彼女を、誰が責められよう。これは女なら、いや、男だって、口では性格がよければなんて優等生ぶってても、心のなかではみんな思ってる本音である。具体的にどういうことかというと、年収は300万円以下でも東大卒とか大学教授の卵とか。反対に学歴が高校中退であるならばめちゃくちゃ才能があるとか、有名人だとか。あるいは人の命を守るような職業であるとか。

とにかく自分が納得し、みんなに自慢できるものが何かひとつ欲しいというわけなのだ。女の見栄、三十路《みそじ》の意地っていうやつでしょーか。

いや、彼女のためにちょっと庇《かば》うと、恋愛はほどなく醒《さ》める。醒めても続けていかなければならないのが結婚である。そのときに支えになるのは、感情ではなく理屈。「好きだけじゃ結婚できない」という言葉の所以《ゆえん》はここにある。

が、私は彼女のようにまだそこまで結婚に関しては悟りの境地に達していない。結婚はしたいとは思うが、やはり恋愛の延長線上に結婚を置いてしまう。さよう、乙女のような願望をいまだに捨てられないでいるわけなのである。

が、彼女は30に突入したときからスパーンと割り切った。

「恋愛と結婚、どっちを優先させるかっていったら、もう結婚よ。だって時間がないんだから」

BFはいながら（ここがちょっとスゴい）、パーティや友人からのお誘いには皆勤賞。よーしッと思えば自分から積極的にアプローチする。最近の男は気が弱いから、待ってるだけじゃ日が暮れるんだそうだ。石橋は叩くものではなく渡るもの、というのも彼女の持論のひとつ。

そして女からのアプローチは一度。一度でひっかからないヤツは時間のムダ、ボツなんだそうである。具体的には、留守電に「お電話ください」とメッセージしてコールバックがないヤツはボツ。

彼女はモテる。かなりの確率で食事までいきつく。食事までいきつけばホモ以外は次も――ね。で、順調につきあいはじめることになる。

が、時間がない。この段階で、彼女のほうから、何と大胆なことに、結婚の話を持ち出すんだそうだ。

が、男のほうは、モテる男ならなおさら30前後ではまだ全然、結婚には焦ってはいない。彼のほうは結婚より恋愛が、彼女としたいのである。だって男には時間がある。

「君は僕の理想だとか、愛してるとか、そういう約束じゃない言葉とか、自分の仕事の自慢とかはタラタラと何時間でも喋《しゃべ》ってるのに、結婚のことになると、急に失語症になっちゃうのよ。うー、とかあーとか」

うーむ。何となく彼の気持ちもわからないでもないが——。

「で、シドロモドロになりながらも言うわけ、そのうち、って。だけど、そのうちなんておたがいに気が変わるかもしれないじゃない。本当に私とそのうちするつもりがあるんなら、婚約しましょうよ、って言うと、いや、僕はそういうつもりじゃなくて……うー、あー、で、また失語症」

ここまで揚げ足をとったら、男は逃げるものである。

「そ、結局、ダメ。そのうちなんて詭弁《きべん》よ、詭弁。そういう自分勝手で、優柔不断な男は何年たっても、そのうちなのよ。それに、こういうタイプにはマザコンが多いの。つきあうだけ時間のムダよ。ムダ」

と、ダメになってもメゲない彼女に見えた。実際、次から次へとトライしていた。が、あとから聞くと結構、死にたいくらいに落ち込んでいたんだとか。さらに「僕は当分、結婚するつもりはないんだ」と言っていた相手が大学院時代の同級生といきなり結婚したときに、彼女のハートはぷつんと切れた、らしい。

「こうなったら、お見合いしかない。アルトマンでも何でもいいわ」

偶然、出会ってるヒマはない。自分の力量（魅力）で結婚まで持っていくヒマはない。恋愛不動産の仲介人のような紹介者に、彼女はこう訴えたのだそうだ。

「私ね、恋愛はもういいんです。結婚がしたいんです。たとえどんな立派な男性でも、今すぐは結婚したくないと思っているような男性は紹介しないでッ」

そして物件に出会った。即決。

「結婚を前提におつきあいしてください」

そうなんだ、私が待っていたのは、この言葉だったんだ、と思ったのだそうだ。結婚前提——。

で、2カ月で結婚。相手の職業は医者。しかしセンスが野球選手のそれに似ていて、胸ときめくといった状態にはほど遠かったらしいが、

「でも好きになりたいって、心から思ったの。センスは私が変えていけばいいんだし」

好きにならなくても、好きになりたいと思えば、結婚はGO！　よ、すべきよ、と彼女。

そこまでしてする結婚とは一体なんぞや、と思わずにはいられない私であったが、しかし結婚し、子供を産み育てる、というのは、女の人生の定番であることには間違いない。

定番というのはいちばん当たりはずれがなく、飽きがこない、確かなものである。自分さえしっかりしていれば（と考えるのも何だかヘンな気がするが）、相手なんかどうでもいい、ということか。彼女にとっては結婚（主婦、母親）は、恋愛とか私生活とかいったものを超えて、就職、職業、だったわけだから。今、医者の妻、という肩書を得て、20代さんざん遊んだ分だけ、彼女は結婚生活を満喫してるように見える。めでたし、めでたし、である。

——結婚をアセる男女に、

恋愛するヒマはありません——

某TVドラマのコピーなのだが、これを見たとたん、彼女を思い出して、ニヤリとしてしまった。

名コピーだ。真実かもしれない。

結婚もしたいが、恋愛もフルコースで堪能したい、と思っているような私は、はっきりいって二兎を追う者は一兎をも得ず、なのかもしれない。でもだったら恋愛のほうを取る私である。レトルトパック入り、温めればすぐ食べられる、の結婚なんて味気ない。手間がかかっても、苦労しても、つくる過程を味わったあとの結婚じゃないと、何だか私の征服感が満たされないのだ。

などとブツブツ言っていたら、

「そんなこと言ってたら、本当に結婚、できないわよ。恋愛は交通事故みたいなもんだから、したいと思ってなくてもしちゃうものよね。だけど結婚はいい？　結婚したい人しかできないの。それもできる確率は、したいと念じる強さに比例するの」

と、彼女に最終勧告をされてしまった。覚悟することにしよう。

さて、あなたはどう？　それでも結婚したいと思う人は、ゆめゆめ彼女の言葉を忘れずに。

編者のひとこと

なんという名言でしょう。結婚したけりゃ恋なぞしてるヒマはない（言葉づかいは少々違いますが）。この期《ご》に及んで、結婚を恋愛の延長ととらえている私など、認識からして誤りなんですね。「結婚しないと決めたわけではないんです、好きな人ができたら、それもありかと」という人が、シングルには多いけれど、モチベーションと努力が足らん！　と活を入れられるよう。三十歳を前に悶々としていた頃「結婚はね、本気でしたきゃ、できるの。結婚って書いた紙をトイレに貼って念ずるくらいのつもりなら」と先輩女性に叱咤されたのを思い出します。

結びの方の、恋愛はしたくなくてもできちゃう、というのは、二十代前半までにのみ、あてはまるのではと思うけど、それは私だけかしら。

走り続けていたら、
いつのまにかひとりぼっち。
そんなときにはとにかくしゃがみこんで

香山リカ

私のまわりには、『グリム童話』みたいな女性がたくさんいます。「童話みたい」と言っても、お姫さまの物語の方ではなくて、話題になった『本当は恐ろしいグリム童話』のように皮肉がきいたお話の方です。

たとえばある知人は、国際線のスチュワーデスとして華やかな生活を送ったあと、独立してマーケティング・リサーチの会社を起こしました。長年つき合っていた恋人と別れ、「結婚を待っているだけじゃ幸せになれないんだわ。まず自立しなくちゃ」と思ったのが、独立のきっかけだったそうです。

最初は「赤字が出なければいい」くらいにしか考えていなかったのですが、事業は予想以上に急成長。社員を何人も雇い、会社も横浜から都内の一等地に引っ越しました。「人脈を広げるのも仕事のうち」と、パーティにも積極的に顔を出します。といっても、ギリギリまで仕事をやって事務所に置いてあるドレスに着替え、タクシーの中でメイクを直しながら会場に駆けつけるのです。

休日はもうこころも体もクタクタですが、「どこかで手を抜くとすべてが崩れる」と思っている彼女は、どんな日でも必ず一回は、きちんと装って外に出るようにしています。最近は、ホテルに行ってプールで泳いだあと、ショッピング・アーケードをのぞくのが休日の定番。夜は、昔のスチュワーデス仲間や学生時代の友人に会って〝情報収集〟。働く女性や主婦たちのリアルな話は、彼女の仕事にダイレクトに役に立つことも多いのです。「やっぱり大切なのは人との出会い」、これが彼女の口ぐせです。

さらに、こんなに忙しい彼女ですが、年に二回は必ず海外旅行に出かけ、外国の文化に触れるようにしています。長い歴史を持つ美術館、オペラハウスなどを見ると、「私なんかまだまだヒヨコなんだわ……。でもまたがんばろう！」とやる気が出てくる、と言います。

そして彼女は、最近ついに自分の家を建てたのです。「形ばかりの小さい家なのよ。でも社長は会社の顔なのに、いつまでも賃貸マンション暮らしじゃね」と言い訳していましたが、三十代で都心に持ち家、という事実にまわりの友だちの方が「すごい！」と興奮ぎみ。「あなたみたいな女性と結婚するオトコがうらやましい！」という声も聞かれました。

ところがその次に会うと、彼女は妙に元気がないのです。

「家を建てた満足感から虚脱状態になったのね」とからかうと、「そんなんじゃない」とため息をつきます。そして、こんな話をしてくれました。

――新しい家にひとりでいると、たまらなく寂しくなってくる。マンションのときはあの狭いゴチャゴチャした空間が私のお城、という感じで、帰るとほっとしたのに……。私はこんなふうに仕事をやっているけど、結婚だってまだあきらめたわけじゃない。でもその前にまず自分で自分のことをきちんとしなきゃ、と思ってがんばってきただけ。とにかくあるところまでやり遂げて、それからすばらしい恋愛や結婚をすればいいのよ、と思ってた。それなのに、やっとここまで来てみると、もうまわりにはだれもいないのよ……。みんな「何をいまさらオトコだなんて」と笑って、本気にしてくれないの。こんなことなら、スチュワーデス時代にあのまま彼と結婚すればよかったかも。彼は気も弱くてだらしない人だったけど、本当にやさしかったのよね……。

「じゃ、今もし目の前に彼が現われて、結婚しようと言ったらうれしい？」と少し意地悪な質問をしてみると、彼女は目を輝かせて答えました。「うん。会社も家もぜんぶだれかに譲って、バッグひとつだけ持ってついて行く！」。

おとぎ話なら、ここで目の前のネコがパッと彼に姿を変え、「やっと本当に大切なものがわかったんだね。さあ行こう」と手をさしだし、めでたしめでたし……というところですが、現実はそうはいきません。昔の彼はとっくにだれかと結婚して、今ごろ子どもと遊園地にでも行っているに違いありません。

では、彼女はどうすればよかったのでしょう？　やっぱり自分で言うように、会社など起こさずに彼と結婚する道を選ぶべきだったのでしょうか？

それは違うと思います。彼女のような人が若いまま結婚してしまったら、それはそれでやはり「こんなんでよかったのだろうか。私はもっと自分の力でなにかできたんじゃないだろうか」と後悔の念がわき起こり、夫に不満を言ったり責めたりしたと思います。ここまで努力し、苦労してきたからこそ、やっと余裕を持って「彼みたいな人がよかった」とその良さを認めることができるようになったのです。「まず自立したい」と思った彼女の考えは、決してまちがっていなかったわけです。

でも、彼女はたしかにがんばりすぎたかもしれません。「自立したい」という最初の目標がすでに達成されたあとも、「もっとやらなきゃ」「休んだらおしまい」「ライバル会社に負けたくない」といったさまざまな欲望、不安にかき立てられながら、彼女は爆走し続けてきました。そしていつの間にか、ゴールより何キロも先の地点にまで来てしまっていたのです。はっと気づくと、レースを続けているのは自分ひとり。「あ、来すぎちゃった」と思ったとたん、深い虚脱感や寂しさに襲われてしまったのでしょう。

もちろん、ゴールのずっと向こうまでいっしょに走って行けるようなパワフルな男性がいればいいのですが、残念ながらそれほど力のある男性はあまりいません。もしいても、たいていはすでに家庭を持っています。

しかし、だからと言って、自分が挑み続けてきたレースを全部、否定して「スタート地点までもどりたい」と思う必要はありません。

走り続けてきたのは、すばらしいこと。ここまで来たからこそ、いろいろなものが見えてきた。その中にはもう手に入らないものもあるけれど、「すばらしいこと」は一回きりではありません。「もっと上を目指したい」と走り続けるレースからちょっと離れて、自分の中にあるマイナスの感情にも目を向け、「これもまた私なんだ」と楽しむ余裕を持つこと。そうすると、思いもかけなかったステキな景色が見えてくるものです。

編者のひとこと

身につまされますなー。私も同じような考え方してました。今もしてます。結婚は、自立の後。一＋一が二以上になるためには、まずそれぞれが一であること。〇・八とか九でもたれ合っても、二にはなれない。なんてインタビューで答えているのが、古い雑誌をひっくり返すと、きっと出てくることでしょう。

シングルには真面目で、向上心の強い人も少なくない。この人ほどわかりやすい向上心かどうかは別としても。しかし、男性はひくのかなあ。

ここまでの道のりを全部否定する必要はないと言ってくれるのはうれしいが、だからと言って「こんな私をまるごと受け入れることのできる度量の広い男性がいれば」なんて悠然と構えていると、まだまだシングルが続くかも。

人はうらやましいけれど

有吉玉青

あるとき、大学のテニスサークルのときの友人と久しぶりに会って話していたら、彼女が、ぽつりとつぶやいた。

「昔は、みーんな同じだったのに、今はそれぞれ違ってしまったね……」

ここでいうみんなとは、そのサークルの友だちである。

そう、あのころ、みんな同じだった。みんなして授業をさぼってテニスをしたり、喫茶店でおしゃべりをして、試験前、大騒ぎでノートをコピーしあった。誰か一人にいいことがあれば皆で喜び、悲しいことがあれば、皆で泣いた。皆、同じようだった。

それが今、結婚して専業主婦になった人、まだ独身で仕事をバリバリやっている人、結婚しても仕事を続けている人、子育てしながら働いている人もいて、いろいろだ。ちなみに彼女は独身、私は既婚だが、まだ子供がいない。

あんなに同じだったのに、今みんな、こんなに違う。これは、卒業して何年か経ち、ふと立ち止まって振り返ったとき、誰もが持つ感慨ではないだろうか。それも、一抹の苦みをもって。

どうして彼女みたいになれないの？

「こんなに違う」という感慨は、今、どうしてこんなに違うのだろう、という疑問でもある。一生懸命それなりにやってきたのに、どうして、誰それみたいに仕事ができないのだろう。誰それみたいに、結婚をしていないのだろう。結婚しても、子供がいないのだろう。自分は、なぜ、誰とも同じでないのだろう。

　問うても仕方がないような問い。けれど、問わずにはいられないような問いだ。

　そうしてあれこれ思い返してみると、ほんとうは昔から、みんな、それぞれに違っていたような気がしてくる。あたりまえだ、同じであるはずがない。けれど、そんな違いに、目をつぶることができた。

　誰かにいいことがあったとき、ほんとうはおもしろくはなかったのかもしれない。でも、「よかったね」と言えた。そう言う余裕があった。嫉妬《しっと》なんて、最もみっともない感情なのだから。そう思って押し殺すことができたのだ。

　あるいは、自分にもいつかという期待があったのかもしれない。あの人にできたのだから、自分にできないはずはない。笑顔の裏で、ひそかに張りあっていた。そして、張りあうことで自分が鼓舞《こぶ》されもした。

けれど、いつまでもそうだとは限らない。人生はそう甘くも、単純なものでもなかったのだ。

喜んでいるふりはやめよう

そんなことがわかってきたのは、就職活動を始めたあたりだったかもしれない。がんばったのに、希望の会社に入れない。自分が不採用で、なぜ別の友人が採用されたのかがわからない。希望の会社に入れても、そこで自分のやりたいことができたかどうか。また、自分がどれほどの人間だったか。何でもできそうな気がしていたのに、何もできない。

それでも、中にはいるのである。仕事がうまくいき、前へ前へと道を切り拓いて進んでゆくように見える人が。

また、結婚、出産と、着々と人生のコマを進めているように見える人については、何をかいわんや。

それは、仕事ができればいい、結婚すればいい、子供がいればいいというものではないとはわかりながら、またそれなりの苦労、それなりの悩みがあることも十分に知りながらも、自分の持っていないものを持っていることは、すなわち、しあわせなのだ。そして、そんなふうに見える人とは、だんだん疎遠《そえん》になってゆく。あんなに、卒業してからもしょっちゅう会おうね、いつまでも友だちでいようと誓いあったのに。

もう、張りあっても仕方がないから張りあわない。そのかわりに、嫉妬の感情が行き場を失って、心の中に闇をつくる。

そんな自分がいやではあるが、私は、この嫉妬という感情は、きわめて自然なものではないかと思う。もはや嫉妬が何かのバネになるようなこともなく、それは単なるエネルギーの浪費のようだが、仕方がないではないか。

ただし、人の幸福を喜んでもいないのに、喜んでいるふりをする、そういう偽善者めいたことだけはやめようと思っている。そして、この態度は、自分ですこぶる気に入っている。相手を好きな場合に多いのだが、その人のしあわせを自分も嬉しいと思えるときだけ喜んで、盛大にお祝いをする。嫉妬に関して、私はそのあたりまで来た。

そして、こんなところかなと思っていたのだが、その先、次の段階はあるようだ。

“みんなと同じ”でなくてもいい

別の友人と電話で話していたときのことだ。彼女は、二児の母。子育てに追われる日々で、私が仕事をしているのを「いいなあ」と言う。私にしてみれば、子供の鞄《かばん》にししゅうをしたり、ケーキを焼いたりしている彼女の生活こそうらやましい。それで、「ぜんぜんよくない。あなたのほうがずうっといい」と言葉を返した。

すると、彼女、笑って、

「そお？　平凡だけどねえ」

その笑い方、受話器からもれたように聞こえた吐息が、しあわせそうだった。人の生活は、それはそれでうらやましいけれど、自分の生活にも満足している、そんな感じがした。

それがまた、あまりにも爽《さわ》やかだったから、ますますうらやましくなって、

「あなたみたいな生活がしたいな」

と言ったところ、

「だめだめ。あなたは仕事しなきゃあ」

といなされた。

彼女は、いろいろな人生があるということを、心底からわかっている人なのだな、と思った。自分は自分で、人は人。彼女はそれが、わかっている。

思えば、私は自分のことを相対的にしか評価ができなかった。誰よりも、できたとか、多いとか早いとか。そんなふうにして人と比べないことには、自分を評価できなかった。だから、誰かが何かをしたら、あせる。自分もそうしなくては。そして、できないと、相手に嫉妬をしてみたり。

もうそろそろ、そんなところから脱したい、そして、脱せるような気がした。あるいはそれは、「張りあったって仕方がない」と思ったときに、わかってよいことだったのかもしれない。張りあったって仕方がない。張りあえることではない。なぜならば、人と自分は違うのだから。

少し、あきらめは入っている。でも、人は人で、自分は自分でしかないという発想自体は、ひとつの自信なのではないか。そして、そんな自信を持てたとき、自分と比べるでも、嫉妬をするでもなく、人を認めてゆけるだろう。

また、みんなと同じようになれるような気がする。同じ、というより対等、だろうか。ほんとうは違うのに、無理やり同じになろうとしていた昔より、もっと深いところで結びあえる友情が、嫉妬の先には生まれないだろうか。

編者のひとこと

人との違いが気になる。そういう時期もありました。二十代後半、「結婚しました！」の写真付きお知らせハガキを見る私の目は、けっして好意的ではなかった。フラッシュで瞳が赤く光っていると「あらあら、せっかくの佳き日にね。ファンデーションも白浮きしてるじゃない」。

なんだかんだって、羨ましかったのかなあ。それこそ嫉妬のまなざしですね。

三十も半ば過ぎると、それも超えました。結婚したけど離婚したり起業したりする人も。結婚とか、仕事続けるとか辞めるとか、一回の選択でその後の人生決まるわけじゃないってことが、ほんと、実感されてくる。

もちろん、自分が選択していないことへの夢や憧れは、まだありますよ。

シングルっていいかも
川柳教室、今月のお題は「シングル」です
はーい
「シングルでも宅配ピザを注文する」
うーん 悪くないけどパワーが足りないわね
はーい
「シングルでもお掃除サービス頼みます」
なかなかいいわ上達したわね
はーい
「シングルなら大きないびきかいて良い」
うーん シングルがひとり暮らしとは限りませんよ

はーい
「シングルでも誰にも文句言わせない」
当り前なことをそのまま言ってるだけではつまらないわね
はーい
「シングルは姑いないしうれしいな」
こらこら世の中にはいい姑さんもいますよ
はーい
「シングルは将来とっても不安です」
そうねえ不安と言えば不安よね～
でも同じ不安でも、こうしたらどうかしら?
「不安もあるでもシングルも悪くない」
いかが?

ひとり暮らしの不安

益田ミリ

女がひとりで暮らすとなると不安である。

犯罪……。怖いです。テレビや新聞では毎日毎日、火曜サスペンス並みのおっそろしい犯罪が報道されている。しかもわたしが住んでいるのは大都会東京。犯罪率も高いし、自分だけは安全という保証はない。

さて、この原稿を書くのはいつも夜中なんだけど、ついさっきすごい恐ろしいことが起こった。

恐怖の真夜中の訪問者

午前1時前。うちの玄関のドアにドスンという音。そして間髪いれずに男が叫ぶ声がした。

「殺すぞ」

ビクーッ。わたしの心臓はネズミ級の早さで高鳴った。そりゃあそうだろう。夜中にひとりでいる部屋に「こんばんは」ではなく「殺すぞ」。女でなくともビビるだろう。声の主に覚えはない。男は「殺す、殺す」を連発しながら鍵穴をガチャガチャとやっている。なになになになに?! ってゆーか、誰? おそるおそる魚眼レンズをのぞいてみるが、前に立っている男の顔がアップすぎてわからない。

わたしは家のチェーンを必ずしているので、万が一鍵を開けられてもすぐに入ってくることはできない。しかし、新聞受けから包丁、または拳銃を差し込まれれば危険だ。取りあえずドアからは離れる。その間も男はドアをがんがん蹴ったり「殺すぞ」と叫び続けている。少し前にコンビニに行ったので、その時にあとを付けてきたのかもしれない。すぐに110番する。

「今、部屋の前で知らない男が、殺す殺すと言ってドアを蹴ってるんです!! 助けてください!!」

自分のセリフに怖さが増す。助けてください殺されます、だなんて……。興奮しているわたしをよそに警察の人は冷静だ。住所と名前を聞かれる。

「早く! 早く! こーろーさーれーるー!!」

テンションが上がっているわたしはすでに涙声である。これくらい大袈裟にしないと早く来てくれないかも？　という計算も入っているので舞台女優並みである。

「大丈夫です、この電話を聞いてすぐにそちらに向かっていますから」

わたしが泣き声になると、電話口は男の人から女の人に変わった。わたしを落ち着かせるためなんだな、と少し冷静になる。すぐ行くと言われ安心するが、玄関先の「殺す、殺す」の声に恐怖は続く。

すぐ行くって言うけど、何分後に来るの？

素朴な疑問にふと時計を見る。午前0時48分。ケータイを片手に、スプレーのりを右手に奥の部屋で息をひそめて助けを待つ。スプレーのりとは紙と紙を張り合わせるただの「のり」だ。今思うとそんなもんで太刀打《たちう》ちできるのかと笑えるが、恐怖中なので仕方がない。

警察を待っていると急に男の声が聞こえなくなった。あれれ？　帰ったの？　ちょっと待ってよー、警察呼んだのに犯人がいないと困るじゃない。しかも、いなくなるほうが無気味だ。そいつが誰かを確認しないことには、今後安心できないではないか。

静かになった玄関先に近付いてみる。再び魚眼レンズをのぞくとそこには誰もいなかった。と思ったら、寝ころんでいる人の足が見えた。

ここまでくるとわたしもピンとくる。ひょっとして酔っぱらいが部屋を間違えてんじゃないの？

午前0時53分。警察は5分くらいで来てくれた。自転車部隊、パトカーなどちょっとした騒ぎである。そして結果はわたしの推理したとおり酔っぱらいだった。

あのぅ、怖いんでもう部屋間違えるのやめてほしいんですけど……。つーか、自宅に「殺すぞ」と言いながら帰宅する生活は大丈夫なんでしょうか。

女のひとり暮らし防犯対策はこれだ！

というふうに、女のひとり暮らしには不安も多い。いくら警察があるからといっても、自分で身を守ることも必要である。

わたしがやっている防犯対策は、とにかく知らない人にはドアを開けないことだ。宅急便の人が来ても、まずは魚眼レンズからチェックして、品物を受け取る時も必ずチェーンはしたままだ。ダンボールサイズの荷物の場合は、玄関前に置いて帰ってもらう。そして宅急便の人が去ってからチェーンを外して受け取るのである。一生懸命仕事をしている宅急便の人には失礼だけど、それくらいの用心は必要なのだ。

また下駄箱の上には防犯ブザーも置いてある。ひもを引っ張ると大音量がするやつを東急ハンズで買ってきたのだ。むりやり入ってくるような人がいた時はこれで対処しよう！　そう思って準備していたんだけど、先日、これにあまり意味がないことを知る。玄関先でうっかりこの防犯ブザーを落としマンション中に大音量が響いたんだけど、誰も助けに来てはくれなかったのである。ああ、孤独な都会生活……。

気ままなひとり暮らし。それと引きかえに不安はいつも付きまとう。こんな時は自由なんかいらないから、安心を手に入れたいと思う。まさに揺れ動く乙女心だ。しかし、今はまだこの暮らしが気に入っているので、取りあえずはしっかり稼いで「セコム」に加入したい、そんなことを思っている34歳なのであった。

編者のひとこと

　そうなんですよ。シングルの意外なネックは防犯問題。ひとり暮らしも堂に入《い》ったつもりの私でも、覗き事件に遭ったときは、ビビりました。

　こういうのって、ボディブローのように後々までも効いてきます。ふだんから狙われているんじゃないかと、外に出るのも怖くなる。

「ずっとひとりも、ちょっとさびしいかも」と揺れている女性なら、いっきに針が、結婚へと傾いてしまいそう。酔っぱらい男ごときに、人生考え直させられるなんて、シャクですが。

　でも、さすが益田さん、対策をちゃんと講じている。独身女には、男よりセコムか？　しかし、ブザーの大音響にも、誰も助けに来ないとは。都会のシングル女性の周囲には、乾いた冷たい風が吹く。ひゅるる〜。

結婚祝いに思うこと

岸本葉子

久々に結婚祝いを贈った。まわりでは結婚すべき人はとうにして、おめでたい話はとんと途絶えていたこの頃だから、ほんとうに久しぶりの感がある。

仕事で行き来のある、ひと回り下の女性だ。

祝いの品は共通の知人と、いっしょに買うことにし、何がいいかと話し合った。

「料理をするんだったら、圧力鍋は優れものだよ」と私。「肉じゃがなんかアッという間にできるから、共働きの人には、おすすめ」

世話焼きおばさんのように力が入ってしまった。妻の立場になったことのない私が、体験者のように言うのも、妙なものだが。

知人が打診したところ、使ってみたいと思っていた由。

しばらくして礼状がきた。職場では旧姓で通しているらしく、差出人名は旧姓のままである。

「結婚祝いをいただき、ありがとうございました」にはじまって「さっそく肉じゃがを作ってみました」。私が例に挙げたメニューに言及してあるところに、年上に対する気遣いを感じた。

仕事を続けているせいもあってか、文面中、新生活を匂わせるのは「結婚祝い」の三文字だけだった。肉じゃがを夫がうまいといったと書いてあるわけでもなく、独身者に鍋を贈った礼状とほとんど変わらないような。

にもかかわらず、私は瞬間的に、

「羨ましい」

と思った。なんと表現したらいいか、

「結婚って、ものがもらえるんだな」

と。いっしょに鍋を贈った知人も、自分の結婚に際しては、先輩たちから、

「お祝い、何がいい？　どっちにしろ贈るんだからほしいものを言いなさい。食器洗い乾燥機なんか便利よー」

と言われたそうだ。

物をもらいたいわけではない。食器洗い乾燥機なら、一括でとはいかずとも分割でなら自分で買える。そうではなくて、結婚とは、周囲も贈り物をするのが当然とするほど、

おめでたいことなのだなと。

　むろん将来離婚することはあるかも知れないが、少なくともその時点では無条件に祝福されるべきものなのだ。人生の上で、数少ない慶事ではなかろうか。

　祝うばかりで、祝われる側になったことのない私は、そんなできごとが一生に一度くらい自分にあってもいいのではと思う。

　一方で、結婚という言葉に対する反応が年々鈍くなっているのを感じる私としては、

「こういうことに刺激を受ける部分がまだ自分の中に残っていたか」

と、ちょっとほっとしたのだった。

　これを書いている私は四十歳。四十で未婚なんて、二十歳そこそこの女性たちは、信じられないかも知れない。私も信じられなかった、その年齢のときは。

　学生時代、同級生と「結婚の年齢分布曲線」の話題になり、

「働きはじめて二、三年めに最初のピークが訪れて、それを逃すと後はずっと三十過ぎまでチャンスがないんだってよ」

　との説に、一同「ええーっ」とわきながらも、

「自分だけは、後者にはなるまい」

と、その場にいた誰もが、内心固く誓っていただろう。あの頃は三十なんて、無期限

の「いつか」に等しかった。

会社に勤め出してからも、三十二歳、未婚の先輩について、

「あんな人が独身なんて、なーんかあるんじゃないの」

と同期の女性とひそひそ話していたのだから、ほんと、若さとはもの知らずなことよと思う。

「人は何の特別な理由がなくても、結婚しないで年を重ねることもある」

と今となってはよくわかりました。

二十代の女性が結婚へと自動的に方向付けられていく社会ではないものな。結婚はもはや「しなければならないもの」ではなくなったのだ。女性の雇用機会は、少ないとはいえ昔よりは増えたから、結婚しなくても生きていく道はある。

やっとこすっとこ就職した先でつまずいても、

「何かまだ試みるべきものがあるのでは」

と転職したり、人によっては外国に行ってみたり。選択肢が多いぶん、あきらめも悪くなる。

幸か不幸か、世間も妙にものわかりがよくなって、「お宅のお嬢さんもそろそろでしょう」と見合い写真が持ち込まれるという「外圧」も、都会ではそうかけられない。

逆に、私がいつまでもふらふらしているのを案じた母が、

「どなたか、いいお話はないでしょうか」

と知り合いに持ちかけても、

「あーら、お宅のお嬢さんは、結婚より仕事って方でしょう。羨ましいわ。私たちの頃はしたくてもできなかった生き方ね」

と過度に好意的に解釈してくれてしまい、それ以上の展開がない。要するに、相手くらい自分でみつけよってこと？

今の女性、結婚をするつもりなら、仕事だけでなく恋もしなければならなくて忙しい。ちなみに圧力鍋を贈った女性の夫となったのは、学生時代からの八年越しの交際相手とのこと。うーむ、手は早くに打っておくべきだったか。

私の場合、二十代はご多分にもれず転職したりして、三十過ぎから仕事がどうにかこうにか回りはじめ、それからはアッという間。女性雑誌で言われるような「キャリアか結婚か」という二者択一的発想はなかったけれど、結果的に仕事にいそしむ三十代となった。

私くらいの年で未婚の女性の多くが言うことだが、結婚しないと決めたわけではない。でも、このままだと独身で終わる可能性が、年ごとに高まっていくだろう。

「結婚しない人生」は不本意ながらも受け入れる用意のできつつある私だが、「仕事をしない人生」は考えられない。社会に出て十八年、自分で収入を得るのが、食事をとるのや風呂に入るのと同じぐらい、当然のこととなっている。

結婚するしない以前に、自分の収入内で生活を組み立てている状態そのものが、私は好きらしい。そう気づいた。たとえ書く仕事がなくなっても、予備校の国語のテストの採点とか、頑張ればできるかも知れないことを必死で探し、何らかの仕事を続けようとするだろう。

結婚しないと決めたわけではないから、シングルでいることは「主義」ではなく「状態」だと前に書いたことがある。

が、同じ「状態」の語で表していながら、「仕事をしている状態」の方は、かなりの努力を払っても維持するつもりでいるのに、「結婚をしていない状態」は、何が何でも解消しようとまではしていない。

パートナーのいる暮らしにひかれつつも、今の生活が気に入っていて、どうしても変えなければならない必然性がないのだ。

仕事を、誰かに後ろめたく思うこともなく、自分との相談だけで引き受けられて、自分のペースで進められる。時間の使い方、お金の使い方もすべて、自分に任されている。

判断ミスもときにはあろうが、原則として自分に責任をとればすむ。

大は、そうしたことから、小は、部屋に置く物を自分の趣味で統一できるといったことまでも。

「ひとりは気ままでいい」

とよく言われる。前は、

「そんなことのために、結婚するか否かという人生の大事を決めるわけがない」

と言いたい思いもあった。気ままなのは独身でいることの「結果」であって「原因」ではないと。

が、独身生活もこう長くなると、「原因」と「結果」が分かちがたくくっついて、自分でさえ区別しにくくなっているのも事実である。世の分類どおりやっぱり私も「ひとりの気ままさが捨てられずにいる」者なのか。

結婚という、未知なる世界へのあこがれを残しつつ、なじみの現実にどっぷりひたり、抜け出そうとするほどの動機付けがない。そのあたりが、四十代に入った今の包まざるところである。

シングルっていいかも
じゃ またねー
高校時代の友達も ついに今日で全員 結婚しちゃった
花嫁のブーケ これで 5つ目か〜
夜ごはん どうしようかなー
作るの めんどうだなー
よし今夜は家で ピクニック風の 夜ごはんにしよう
うん
バナナ、いちご、焼きたて ヨーグルト、 パン、
あーん、 それ 楽し〜い
ヘルシーなのに らくちーん

ふふふ
デザートは引き出もののケーキ!!
TSUTAYAでビデオを借りよう
雑誌も買って帰ろう
友達の結婚式の帰りに
小さな楽しみを見つけられるわたしで良かった
ふて寝なんかしないもーん
でもさー こうゆうのって ハタからみると やせがまん みたいかな……
ま、そう見られたとしても
くるっ
わたしがいいならいいのです
くるっ

結婚しない十得、子供のいない十得

阿川佐和子

　物心ついた頃から、自分は将来、お母さんと呼ばれる存在になるものだと信じていた。人並みに学校を卒業したら、人並みの恋愛をしてやさしい亭主を見つけ、子供を産み、育児と旦那の世話に追われる平凡な毎日を送る。それが、私にはもっとも似つかわしい生き方だと思っていた。

　ところが、どこでどう間違ったのか、四十代半ばを迎えた今もって独身のまま。もはや夢の実現は不可能かもしれないとさえ感じ始めている。

「なに言ってんの。医学の進歩はすごいのよ。まだあきらめることはないわ」となぐさめてくれる人がいる。「いざとなったら体外受精という手もあるさ」と具体的指針を示してくれる友もいる。なるほど、完全にあきらめるのは早すぎるかもしれない。しかし、私の気持としては、そんな奥の手を使うまでもなく、子供は自然に授かるつもりだったので、どうしてこんなことになってしまったのかと不思議でならない。

心の準備はかなり早いうちから整えていた。初めてお見合いをしたのは、二十一歳だったと記憶している。一回目のお見合いはまさに不意打ちで、知人に紹介された男性と、いつのまにか会っていた。それがお見合いだったと気づいたのは、後のことである。いくらなんでも早すぎる。まだ結婚する気はありませんと、お断りした。しかしその後は自ら積極的にその気になり、いただく縁談を次々にこなしていった。

お見合いという堅苦しい方法でも、人間の出会いには相違ない。これぞと思う男性が現れたら、それから恋愛をすればいい。きっといつか、胸ときめくようなステキな人と出会えるにちがいないと信じ、心をこめて釣書《つりがき》を認《したた》め、写りのいい写真を探し、先方のデータが届くのを心待ちにした。写真だけじゃわからないと言って実際に会い、町なかを歩き、食事をした。一回会っただけじゃわからないと言って何度か会い、相手を観察した。その結果、断ったり断られたり、それでもめげずに次なるお話に期待をかけ、総計三十数回の見合いを経験した末に、不安になった。

もしかして私は、結婚できないタチなのだろうか。年頃になれば結婚相手は自然に見つかるものと信じていたが、それは間違いだったのか。友達はどんどん決まっていく。しあわせそうな花嫁姿を披露してくれる。そんな姿を見送りながら、私は祈った。今度こそ、私の番だぞと。

気がつくと三十歳を目前にしていた。そしてひょんなきっかけでテレビの仕事を始めることになった。政治も経済もわからない世間オンチの私に、「報道番組のアシスタントをしてください」という依頼である。

少し迷って、お引き受けした。仕事に意欲が湧いたわけではない。ジャーナリストに憧れたわけでもない。ただ、お見合いに行き詰まった状況を打破するために、心機一転、周辺の景色を変えてみようと思っただけである。どうせすぐクビになるだろう。それまで見知らぬ世界で楽しめばいい。ちょっと毛色の変わったアルバイトを始めた気分で、テレビ局に通った。

蓋《ふた》を開ければ、仕事がそれほど甘いものでないことはすぐにわかった。プロデューサーからイヤミを言われ、ボスに怒鳴られ、「無能な頷《うなず》き役」とか「フテエ女《アマ》」などとあだ名をつけられた。

そんな仕事のドジ話は次の機会に譲ることにして、とにかく叱られるたび、私は頭を下げてこう言った。

「スミマセン。いつまでもシロウトで」

目の前に突きつけられた仕事は一生懸命こなさなければならない。まわりに迷惑をかけないよう、上達しなければいけない。そういう自覚はあったものの、根本的にプロ意識はなかった。所詮、これは仮の姿。なぜなら私の安住の地は、結婚なんだもの。結婚して子供を産み、家庭に入る。これぞ私の本来あるべき姿だったのである。

そんなとき、すでに三十代の半ばに達していたと思うが、ある男性に言われた。

「結婚を人生の最終目標にするなんて、つまらないんじゃないかなあ。そういう気持でいると、たとえ結婚できたとしても、しあわせにはなれないと思うよ」

なんだ、コイツは。結婚や家庭をバカにしておる。そのときは腹を立てた。しかし、その後一年、二年と時が経つうちに、彼の言葉がじわじわと蘇ってきた。

そうかなるほど。私は長い間、結婚しなければ真のしあわせはつかめないと思い込んでいた。つまり、結婚しさえすれば自分は確実にしあわせになれるという幻想を抱いていたにすぎない。そのために、現状を軽視し、中途半端な気持で仕事に接していた。そんな姿勢では、本当におもしろいこと、魅力的なことを見逃してしまう。そして彼が言うとおり、たとえ結婚という夢を果たしたとしても、ちょっとでも意にそわない状況に陥ったとき、こんなはずではなかったという落胆が大きすぎて、立ち直れないだろう。もっと今の自分を大切に思わなければ、人生のしあわせはつかめないのではないか。

もし結婚だけがしあわせの証だとしたら、結婚していない人は皆、不幸ということになる。しかしそんなことはない。結婚せず、子供のいない人だって、あるいは結婚して子供に恵まれなくたって、充分しあわせに生きている人は山ほどいる。

そう思ったとき、すべての重荷から解放されたような気分になった。そしてその頃から、仕事がおもしろくなっていった。

数年前、画家の安野光雅《あんのみつまさ》さんに「出ッ腹の十得」なるものを教えていただいた。失礼ながら安野さんのお腹《なか》はサンタクロースのように突き出ている。それを困ったことと悲観せず、楽しいことと解釈する。すなわち、「孫を雨宿りさせられる。上にものを置いて机代わりに使える。いざというとき大事なところを火傷《やけど》しなくてすむ、などなど」。

それを伺ったとき、ハタとひらめいた。そうか、私にだって、結婚しない十得があるはずだ。すなわち、「門限がない。友達と長電話をしても亭主に文句を言われない。毎日毎食、料理を作らなくてすむ。自分の都合で寝坊ができる。夜更かしもできる。お風呂場から裸で出てきても大丈夫。テレビを独占できる。ワイシャツのアイロンかけをしなくていい……」。

子供がいないことも、くよくよ考えれば寂しいが、十得を探すと、案外思いつく。「お弁当を作らなくていい。交通事故にあったんじゃないかとヒヤヒヤしなくてすむ。受験戦争の苦労がない……」。

頭をプラス思考に向けようと思ったら、できるだけ具体的な例を思い浮かべるにかぎる。私とて、結婚をしないと決めたわけではないけれど、もしそういう運命が決定的になったときは、不幸だと嘆くより、楽しみがたくさんできたと思いたい。

編者のひとこと

こういうケースもあるんです。結婚は、ある年頃になったらするもの、お相手は自然にみつかるものと思い込んでいて、お見合いという、ごくごく古典的な方法で、人並みの努力はしてきたけれど、なぜか至らず、というケース。

親戚じゅうが「あのお嬢さんなら、いいお嫁さんになるわ」と思いそうな人なのに。人生って必ずしも、予定調和的にいかないもんですね。昔の人がよくいった「ご縁がなくて」ってやつでしょうか。

しあわせ幻想に、あるとき気づき、今の自分をたいせつにしようと頭を切り替えたときから、仕事運と同時に男運もみるみるひらけ……というなら、人生訓としておさまりがいいのだけれど、そうもいかないようで。結婚しない十得を数えて、早ン十年……あ、いいえ、それは著者のことではありません。

シングルっていいかも
あー今日、どっかで食べて帰ろかな
カタ カタ カタ
先パイ、わたし今日で退社しますお世話になりました
あ、そうか、結婚おめでとう!! 式も楽しみにしてるわね
お疲れさま
寿退社か〜 それにしてもすごいネーミング
カタ カタ カタ
寿退社もいいけどシングルだって
いいこともあるんだぞ
門限ないし〜
ラーメン
ズル ズル
毎日毎食ごはん作らなくてもいいし〜

チャンネル権は
わたしだけ
アハハハ
一番風呂だし
ハ〜
自由にオナラ
できるし〜
ブーッ
パジャマのすそ
ズボンに入れても
いいし〜
あ、それは別に
シングルじゃなくても
していいか
ワイシャツに
アイロンかけなくて
いいし〜
気がねなく
長電話
できるし〜
アハハハ
そして何より
ふふっ
恋が
できる!!

楽しむ人

森茉莉

私が若い女の人たちに言いたいことは楽しむ人になってもらいたいことだ。私が知っている人々の中の一人に前衛の踊り手がいる。彼女は私に初めて会った時、こんな話をした。（あたしはもと読売ランドで水中舞踊に出ていました。私は水が皮膚に触れるのがとてもうれしいのです。春先や秋の気持のいい日の空気にふれるのも）私は彼女と一時間も話し、すべてに同感した。当時彼女は日本で男では土方巽《ひじかたたつみ》、女では○○と言われていた、その○○に教わっていた。ところが、○○が二硫化炭素の中毒で急死して木から落ちた猿のようになってしまった。私は彼女の話の中に、明らかな天才を感じたので三島由紀夫氏に長い手紙を書いて一度会ってあげて下さいと、頼んだ。返事が来て、それには（あなたのお文章によると素晴しい若い才能だと思います。しかし今一寸忙しいので土方君にお紹介します）と書いてあった。そうして土方氏に彼女を紹介する言葉を書いた名刺が入っていた。彼女がそれを持って土方氏のところに行くと氏は（あなたは何かを持っている。その持っているものを引き出す産婆役にわたしがなりますから、それがなにかわかるまで時々話をしにいらっしゃい）と言った。

日本人は元来、あまり楽しそうでない人種だが、いま、どうも見ていると老人や中年はいうまでもなく、若い人たちまでがほんとうに楽しそうでない。（あなたは楽しんでいるの？）ときけば彼らは言下に言うだろう。（楽しんでるよ。ボオイフレンドもいる。ブティックでナウな洋服も買うし、ゴオゴオ喫茶で踊るし）と、中にはクルチザンヌのようなことを（売春婦）して大きな金をとって恋人と楽しんでいる、というようなのもいるかもしれない。おばさんなら（ああ楽しいよ。旅行して名所を見たり、スピーカーで―流行歌の中のいやなの―をやってくれるバスに乗ってさ、温泉につかってうまいもんくってさ）と。おっさんなら（楽しんでるよ。キャバレーにも行くし酒のむし、赤線なくたって女も買えるしよ）と。そういう答えをする若い人たちの部屋見れば、子供の部屋かと錯覚するように、玩具じみたものが飾ってあり、赤や黄色のベッドカバア、クッション……流行歌手の部屋のようだろう。おっさんやおばさんの部屋はでことことへんに立派な岩の置物、夜店で売っているのによく似た掛軸、新年には福寿草と藪柑子《やぶこうじ》の鉢植えがおいてある。

そういうものはほんとうの楽しさでない。皮膚にふれる水（又は風呂の湯）をよろこび、下着やタオルを楽しみ、朝おきて窗《まど》をあけると、なにがうれしいのかわからないがうれしい。歌いたくなる。髪を梳《す》いていると楽しい。卵をゆでると、銀色の渦巻く湯の中で白や、薄い赤褐色の卵がその中で浮き沈みしているのが楽しい。そんな若い女の人がいたら私は祝福する。

街や喫茶店に若い恋人らしい二人がいる。その二人の目を見てみると、女も男も自分たちのことはそっちのけで、女ときたらすれちがう女の靴が自分のより高いと（美しいからならまだ救われる!!）じろりと横目を使う。男の方も、自分の女よりいい女が通るときょろきょろする。巴里《パリ》の恋人たちは自分たちの世界にとっぷり浸《つか》りこんでいるから、傍《かたわ》らにどんな奴がいようと気がつかない。二人だけ天国に入っているような気になっている。

私は息子と二十四年目に再会した時、巴里の恋人のようにまわりが見えなくなって、ばら色のようなもやに取りかこまれていて、手がどこにあるか足がどこにあるかわからなかった。恋人ではないのに。言いあらわすのがなかなか大変だがわかっただろうか。

ひと昔前の若い男の青春は、恋愛とかＳＥＸ《エスイーエックス》なんかで懊悩《おうのう》し暗澹《あんたん》として暗かったらしいが、苦しさも暗さも後になって振り返ってみれば切ない歓びだ。美味《うま》いものには辛さもある、苦みもある。生きている歓びや空気の香《にお》い、歓びの味、それがわからなくてなんの享楽だ。なにが生きていることだ。人生は人に感心されることをやって道徳づらをして（本ものならいいが偽の仮面）それで生きているのだろうか？　即席ラーメンやどこの店も同じなハンバアグをくい、つまらなくてあくびの出る女と歩いているのは楽しさではない。いい舌を持って自分で造《こし》らえればいいのだ。では枚数がもう一行で尽きるからこれでさよならしよう。生を、空気を楽しむことである。

編者のひとこと

楽しそうでない。ほんとに、そう思うとき、ありますよ。ナウな洋服とかゴオゴオ喫茶とかの表現には、レトロの感を禁じ得ないけれど、恋人たちへの観察眼は、まさしく今にあてはまる。

二人でいて満ち足りているはずなのに、なんで人に横目を使うわけ？　他人と比べないと自分の幸せ、確かめられないなんて！

婦人雑誌でも、よくありますね。私の方がたいへん、でも、これこれについてvs.専業主婦のバトル。私の方がたいへん、でも、これこれについては、私の方がマシよ……。

結婚、出産、離婚を若いうちに経験した後、安アパートに住み続けた著者は、そのへんの基準はもう超越している。

貧乏だけれど心は貴族の茉莉様に、生の楽しみ方や贅沢を学びましょう。

シングルっていいかも
今日はパン教室の初日ですね
みなさん楽しくやりましょう
ハーイ
ハーイ
よろしく〜
よろしく〜
生徒の中でシングルなのはわたしだけかも
あたしシングル
あたしも
あたしも
あたしも
はーーい あたしは親と同居のシングルです
あたしはひとり暮らしシングル
あたしはバツイチシングル

あたし バツイチ 子持ち シングル
あたし 未婚の子持ち シングル
同棲中だけど シングル でーーす
シングル って いろいろ あるん だね
ちょっと 説明ちゃんと 聞きなさーい
パン作りは 手間もかかるし まじめにね
すいませ〜ん
ちなみに わたしは
未亡人 シングルです

一戸建てに、住んでいる・・・・

伊藤理佐

一戸建てに、住んでいる……
わたしはワケあって？一戸建てにひとりで住んでいる
カーッ
くわしくは「やっちまったよ一戸建て!!」①②の2冊にもわけてワケかいてあります
ご近所の皆さんには「マンガ家さんだから…」と色んなことを許されて生きておる気がしますが
朝
すっぴんゴミ出しダッシュ
夜
ピンポンピンポーン
(けっこうな音がする)
へんしゅうさん
こらーっ
イトーさん
しかし、はじめてのお客さんはまさか一戸建てに女ひとりとねこにぴき、のさみしいことになっているとは思いません……

二匹を「にひき」と、いうのが今、わたしの中でブーム… トホホ
いーよ

ピンポーン
ミーン
近所の△△神社ですが夏まつりの寄付金を集めにまいりました
ちんこだの、まんこだの
あ ハイ おまちください
縁起をかついで神社関係にはテイネイな飼い主
あっ
おつかれさまでーす
どーもでーす

……こういう仕事をしていますとね
インターホンの声だけでわかるんです
え？
このうちはあたたかい家庭ですね
奥さんのあたたかい人柄がそうさせているのでしょうね
1コ前のお宅で、冷たくされた、と思われる…
おくさん
あたたかいかてい
いる….

ぜんぜんあたってなくてごめんなさい
お……おつかれさまです

毎年あたたかい家庭のふりをしています……
つらい
お………おつかれさまです……
(わたし…)

一戸建てに、住んで

いっかい　にまんえん。
きもちいいこと　にまんえん。

ああ、ひらがなで書くと、
バカに拍車がかかりますが
わたしはついにアレを　**キャーーー!!**
お金で買ってしまったのです。　あああ…
そ、それは　なんと
「お掃除」です　**キャーーー!!**

①キッチン
②浴室
③トイレか玄関か洗面所
（一回に一箇所選ぶ）
の　三位一体コース。

正確に言うと　19000円
消費税入れて　19950円
チーン…　お買い上げです。現金です。

おはようございます
ダスキン メリーメイドです
洗剤、道具、掃除機までもってきてくれます
サポーター

わたしは　道端の占い師の人に　手相で
「アナタは掃除がヘタです」（きっぱり）
と　言われるくらい
どうも
部屋が散らかっているらしい…

たしかに　ガスの火元では
いつもちがうもんが
いっしょに燃えている。
命にかかわる日が
あるかもしれない。
あああ　嘘です…

いっかい にまんえん

しかし
わたしは古い人間なのでしょうか?
(まあ、新しくはないですな)
お掃除買うのが
いけないない行為の気がして、コソコソ、コソコソ…

ゴッ
ガッ
ゴッ
シュガッ
ゴッ
シュッガッ
(おそうじの音)
汚いのではげしい
ああ、人の働いてる近くで何もしないのって恥かしい…
おい、こういう時ネコはベンリだろ?

ああ、
わたしって
ホント新しくない
なぜだか
田舎の母に　うしろめたい…

母
「節約家」
カタカナでいうと「ケチ」

奥様、奥様、奥様っ

「は？」

三回呼ばれて

「わたしが奥様」だということに

気付いて

ほんとに　飛びあがってしまいました。

「は　はい」

「お掃除　終了させていただきます。」

「点検、ご一緒にお願いいたします。」

（ニコニコ）

ああ
わたしが
ひとり暮らしだって
知ったら
ぶっ殺される
んじゃ
ないかしら…
ふっ

いっかい にまんえん

ああ
すごい　ピカピカ…
ほんと　すげえ…

二重まぶたの　手術した人って
似たようなこと
思うんじゃないかなあ…
「わたし(んち)って
こ、こんなに　綺麗だったんだわ…」
って。

ちなみに
わたしは
とびきりの
ひとえ
マブタ…
犬でさえ
ふたえ
なのに
手術が
こわいだけです
白い犬って
ふたえ だよね…

お掃除を買う…
これに「きもちいい」を感じた　わたしは　とまりません。
今月は、レンジフードサービス、
いちまんごせんえん
もつけて　消費税込み込みの
さんまんこごせんななひゃくえん
も　払って　やってもらいました。

目をやったら
鼻やアゴも　やりたくなるのが人。
っていうか　わたし…
だから　わたし、こわくて　整形できないんだ〜
そうかそうか。
へんなところで　納得していますが
あああ、
今日も　自分が　とても　恐いです

だって
すげー
野望として
床の
ワックスがけ
やってほしーの
1階こ3階まで
うふふー
ドキ
ドキ
いいがっ?
目エ、みるなよ
つっ

いっかい　にまんえん

編者のひとこと

「奥様」。この呼びかけを、私も週に何べん受けることか、わかりません。募金とか勧誘とか押し売りの人から。

想像力が貧困なんだよなあ。昼間家にいるとみんな、奥さんだと思うみたい。一戸建てだと、よけいそうでしょうね。ンなとこに、女ひとりで住んでるわけないって、はなっから決めつけている。たしかに、一軒家はインパクトあるけど実は、シングル女性がマンション買うのと、メンタリティはたいして変わらなかったりするんですよね。

私は図太いもんですから、「奥様」扱いされても、伊藤さんみたいに恐縮せず、ときに応じて、なりすます。「主人がいないとわかりません」なんて言って体よく撃退。防犯の点からも、グッドアイディアのつもりです。ふふ。

男に頼らず生きようとする女の愛し方

瀬戸内寂聴

自分で産む決心をつける自由な女

男女同権をいくらとなえてみても、女だけが妊《みごも》るという生理が変らないかぎり、本当の男女の公平な同権は得られないのではないかと、私はかねがね考えてきた。女が十カ月おなかに子供をかかえている不便さや苦痛や、出産の危険は、男には絶対に分けもってもらえないものなのである。お産の時、妊婦の手をしっかり握って出産を力づけたという甘いご亭主もいないとはかぎらないようだが、普通の神経の女なら、お産の不様《ぶざま》な様相は、愛する男には見せたくないと思うのではないだろうか。

女がつわりで苦しんでいるのは、もとはといえば自分のせいだとわかっていても、何日も不健康な顔色をして、いっしょに物を食べている最中《さいちゅう》にげえっとやられては、男の方ではそれが愛するが故に快く、女がいっそういとしくなるなどというのは嘘だろうと思う。人間の感情と神経は別なのだから、いくら愛していても感覚的には不愉快に決まっている。「源氏物語」の中には妊娠した女を美しいと源氏が思うところがあるが、平安朝の貴族の女の着物は、十二単《ひとえ》ならずとも袿《うちぎ》という、どてらの大きいようなものをかけているのだから、おなかがいくら大きくなってもさほど目立たないし、腰やお尻がいくらどかっとしてきてもそれは袿がうまくカバーしてくれる。そんな着物の中にくるまった小さな女が妊娠で、動きがゆったりして、肩で息をしたりすると、弱々しくみえて、いっそう可憐《かれん》に感じるのはうなずける。しかし、一度妊って、十カ月間、自分のおなかの次第にふくらむのをつぶさに見てきた女なら、鏡に映した、あるいは上から見下ろした自分の妊ったスタイルをよもや美しいなどとは、どんなナルシストの女だって感じることはあるまいと思う。

男と女が愛しあったあかしに妊娠し、その重荷は女にだけ背負わされるというところに造物主のそもそものまちがいか、もしくは深慮《しんりよ》があったのではないか。

最近、父のない子を産む未婚の母が続出してジャーナリズムを賑わしている。アイルランドのデブリン嬢をはじめ、桐島洋子さん、加賀まりこさん、緑魔子さん、みんな、父親と関係なく「自分の子」を産んで自分で育てているし、産み、育てようとしている。この中で、桐島さんが最も先輩で、すでに三人だか四人だかの父のない子を産み、育てている。育てているといっても、彼女は赤ん坊の時からさっと人手《ひとで》にゆだね、自分よりもっと保育の才のある人にあずけ、自分はそのお金を稼ぐことに励んでいる。ミス・デブリンは、政治家という面倒な立場にありながら、父のない子を産むと宣言して世界を愕《おどろ》かせた。

緑魔子さんは現に赤ん坊の父親と同棲しているけれど、子供は父親と関係なく産みたいからといって、恋人と結婚はしようとしていない。愛する人といつでもいっしょにいたいのは自然だし、その間に、子供が産まれるのもとても自然だ。しかし、だからといって、子供の父親を、結婚にしばる必要はないというのが彼女の意見らしい。

加賀まりこさんの場合は、恋人との愛が終わった時点で妊娠を知り、過去の愛とは関わりなく、子供を産みたいと宣言した。宣言したというところに、彼女が女優だという悲劇がある。普通の女が、愛した男と愛をわかちあい、その結果、不用意に（愛する二人だからといって、毎日必ず、子供を産もうと思ってセックスする人間が、今時あるだろうか）妊ったとする。そのことに気づいた時、男の心は去っていた。女は様々考えた末、少々不体裁でも、子供を産みたいと思う。彼女には幸い男に頼らず、子供を育てていく経済力の自信がある。

彼女はひっそり転地でもして、知らない土地で子供を産むだろう。お金をだして赤ん坊をみてくれる人も、施設もあるだろう。彼女は恋人は失ったが、自分の分身を得て、かつて味わったことのない人生の深い喜びを得る。めでたしめでたしで一巻の終わり。しかし、加賀まりこはたまたま人気のある女優であったため、しかも常に華やかな恋の噂にとりまかれた女優であったため、こんなプライベートな問題までジャーナリズムの餌じきにされなければならなかった。

男と女が白熱の愛をかわすとき

私は緑魔子さんも加賀まりこさんも会って知っている。二人とも美しいガラス細工のような少女だった。二人とも知的で、会うとまったく面白くない多くの女優さんに比べて、会って話した方がより魅力的なチャーミングな少女たちであった。何よりも彼女たちは二人とも、若いのにすでに自分の意見と、感性を確固として確立していた。他人の思惑《おもわく》などまったく歯牙《しが》にもかけないところがあった。魔子さんはたしか私の会った頃は今同棲している若者とはちがう人と恋愛していた。彼女たちは恋をしていることをちっともかくそうとはしなかった。共に爽やかな印象であった。それからもう数年もたつ。彼女たちも今では既に三十近い成熟した女になっている。しかし私にはやはりまだ可愛らしい小妖精《こようせい》のようにみえてしかたがない。ガラスのお人形のような女の子が赤ちゃんを産む。どこかメルヘンめいて感じられてならない。しかし、現実はメルヘンどころではなかった。魔子が、わりあいひっそり、望み通りしあわせに子供を産めたのに、まりこの方は、気の毒なほどジャーナリズムの餌じきにされた。赤ちゃんの父の名をまりこは決して口にしないのに、赤ちゃんの父の名が臆測《おくそく》されて、事実のように活字になった。

これではまりこもたまらなかっただろう。私は着物を着て、神社の前で安産を祈っているとかいう見出しのついた週刊誌の彼女の写真をみて悲しくなった。こんなポーズは、断乎《だんこ》として断わればいいのにと思った。私は彼女を本当の意味でインテリだと思っている。それは以前の恋人を批評した彼女の短いことばの中にもあらわれていた。私はそれを読んだ時、なるほど彼女は彼と別れるしかなかったのだと思った。

私が夫の家を飛びだしたのは二十六歳の時だった。恋の相手は四歳年下だった。今の彼女たちと似た年齢だったのかと感慨《かんがい》がある。相手の男はまだ二十二歳なのに、私は二十二歳だとは扱わず、自分と同等に、時には自分より年上の男のように感じていた。彼が私との恋にふみ迷ったその時から、どんなに背のびして、無理をしつづけてきたか、わかったのは、それから大方《おおかた》二十年近い歳月がたってからであった。

男と女が愛しあう時、年齢なんか関係はないと私は書いた。今でもそれはそう信じている。しかし、日常的な生活の智恵は、時には一日《いちじつ》の長ということばがあてはまることがあるのだ。それに、どんな女でも女は、いざという時度胸が据わり、自分の年齢を超えて、母性的になることがあるように、男の方はそれに反比例して、いざという時、意外に小心で、臆病で、小児的になることがあるものである。

加賀まりこの終わった恋の相手が、彼女に妊娠したと聞かされ周章狼狽《しゅうしょうろうばい》したというのを週刊誌はこぞってとりあげ、まるで責任感のない男のように非難を集中させていたが、私にはそういう記事を書く雑誌の記者の方こそ、無責任でいいかげんだと思う。加賀まりこほどの女が、自分で父のない子をはじめから産もうと考えるくらいの女が、赤ん坊の父に今更《いまさら》、相談をもちかけたなんて信じられないからだ。一度去った愛が、赤ん坊が出来たからといってもどるものではないくらい彼女は知っているだろうし、万一、そんな理由で男が愛をもどしたりしたら、彼女の自尊心は自分を許さないだろう。

セックスは人間の愛の必然の形として行なわれる。しかし、セックスは産むためばかりが目的でなく、快楽だけの目的の場合だってあるのだ。そこから自然に子供が産まれた時、産もうとするのも、産むまいとするのもその人の自由である。私は子供をおろすことを、人一人殺すような罪悪とは考えていない。今の社会では、子供を安心して産み、育てていけるほど経済生活を保証されていない人々が多すぎる。すべてが加賀まりこのような収入があるとはかぎらないのだ。それでも男と女が前後を忘れ、白熱の愛をかわすことだってあり得るのだ。バスコントロールはあくまで人間のすることであって、万能ではない。それに造物主の不思議な摂理《せつり》が働くのだろう。みすみす、産んでは親も子も不幸になるような時は、堕胎も一考していいと考えている。しかし、妊った子を産みたいと思うのは女のごく原始的な本能であって、それをそうしたからといって「淋しさをまぎらす人形をほしがるようなもので不愉快だ」などという批評をすることはまったくないと思う。

加賀まりこ自身がおそらく、あの騒ぎに最も困惑したのではないだろうか。子供の父というが、お互いに子供を産もうという覚悟でもなくセックスした結果をとらえて、父よばわりされる男も気の毒な気がする。彼が涙を浮べておろしてくれと頼んだというのが本当なら、彼は正直な人間で、別に責任感云々《うんぬん》をとわれることもないように思う。そういう彼を愛してしまった女にも責任はあるので、男と女のことはあくまでフィフティ・フィフティである。

たとえば、純粋な快楽のためなら、私は受胎日とみなされる前後一週間に何人かの複数の男性と、かりにセックスしていてもちっとも彼女はとがめられないと思うのだ。と同時に、その時、彼女が、自分にも誰の子かわからなくても、子供は私の子にちがいないからと自分で産む決心をつけるのこそ、真の自由な女だといえるように思う。

結婚して、子供を産む。もちろん、それが今の社会のきまりであり、一夫一婦制の中での、最も抵抗のない母のなりかたである。しかし結婚制度に疑問を持ち、入籍の意味を認めず、男に頼らず生きようとする女が出てきた以上、未婚の母はこれからも益々《ますます》ふえていくだろう。

自分にいいきかせてきた女のせめてものつぐない

私もかつては結婚していない相手との愛に妊《みごも》り迷ったことが何度かあった。ぜひともその人の子を産みたいと思うほど、慕わしく優秀な相手だったから迷ったのだが、私はその迷いの途中で、相手にはそれを打ちあけなかった。結婚していない相手は、その場合、産むなといえば、私を傷つけるだろうと思ってそういえないだろうし、産めといえば、やはり私を生活的に窮地に追いこみ、スキャンダルの渦にまきこむからいえないだろうと察したのだ。私ははじめから、彼らに家庭のあることを知っていて恋におちたのであり、注意したにかかわらず妊ってしまったのだ。私は彼らに家庭をこわしてほしいとは考えたことはなく、自分と結婚してほしいとも考えていなかった。そして私は最後に、自分が子供を産みたい欲望を通すことは、結局一時的にせよ彼を苦しめることになるだろうと思って、子供の出来たことは告げたが、自分ひとりで処置をとった。すべてが終わって結果を彼にそれとつげた。その瞬間のあわれみと、愛と感謝にみちた彼の一瞬の目に、私は報《むく》われたと思った。

同時に私は、夫の許に置いてきたひとりだけ産んだ娘に対しても、せめてものつぐないをしたような気持ちになるのだった。その時、どんな事情があったにせよ、夫の許に置きっ放しにして他人に育ててもらっている娘に、私がまた他に子供を持つことは許されないような負い目を感じつづけているのである。本当にその人の子を産みたいと思う男にめぐりあっても、私は決して子供は産むまい。そのためどんな淋しい晩年を迎えても、それは私の娘に対するせめてものつぐないだと自分にいいきかせてきたのだった。

若い人たちの未来はいつでもきり開いていける。世の中は変るし、道徳も結婚観も変る。私はもう十年も前からそういい暮らしてきているが、そういう私を奇異な目でみる人の方が多かった。しかし、今、未婚の母をさほどさげすまない時代が早くも訪れているのだ。これはやがて、家庭の崩壊と、親子のありかた、夫婦のきずなを根底からゆり動かす日のくる前ぶれのように思われてくる。

編者のひとこと

そうでした。シングルには、シングル・マザーって生き方もあるんだよなと、虚をつかれた。加賀まりこさんのお歳が「三十近い」とあるように、書かれたのはずいぶん前。予言のとおり、入籍しない人もめずらしくなくなって、家族の形も多様化した。

でも、女だけが妊る性であること、そのことにおける、男との間の溝の深淵は、変わらない。最終的な決断は、いつの時代も、女がする。

子どもができたからといって、男が愛をとり戻しても、女の自尊心が許さないだろうとのくだりには、あっぱれでした。

最近では愛の結果ではなく、産む性として、し残したことがないように、受胎する女性も出てきているとか。そういう女性の欲望は、この作品の頃には、想定されていたかしら。

「幻想の家」を後にする

まついなつき

まったくもって。

まったくもって、へたくそなこの本に、おつきあいいただきましてありがとうございます。

結論先に申し上げれば、私はこの本の発売と同時に、夫とのユニット解散を表明いたしたいと思います。

まわりクドイですね。

ようするにこの本が本屋さんに並ぶ頃、私たち夫婦は離婚しています。

いやまさか、こういう展開になるとは、私もあんまり思っていなかったんだけどね。

今後の私たちは、子どもたちの保護者として、それぞれが保護の必要のなくなるときまで、保護者業を営みたいと考えています。

『家』はもういらない。

そこには、保護の必要な子どもと保護のできる大人がいるだけでいい。

『母親の役割』『父親の役割』『家の役割』『嫁の役割』『おしゅーとめさんの役割』、具体的によくわからないイメージばかりが流通していて、その『役割イメージ』に私は翻弄されすぎていた。

『母親の役割』『父親の役割』が揃っていなくても、子どもたちは、自分の安定と安全を確保できて愛情を注いでくれる『保護者』がいれば、それで充分だよ、ってやっとわかった。

大好きな彼と結婚して、子どもも生まれてとても幸せに暮らしているはずの彼女たちが、実は誰よりもひとりぼっちだったりする。

おしゅーとめさんとうまくいっていない、夫はちっとも味方になってくれない、という幾人かの友人の話を聞くたびに、私はなんだか胸のドキドキが止まらなかった。

せっかく大好きで結婚した彼が、『夫』という役割にはまり込んだとたんに『妻』やら『嫁』という役割のカテゴリーでしか、彼女たちのことを想像できなくなっている。

話しても伝えても、すべてはその枠の中のお話でしかないなんて。

もっと違う話だってあったっていいのにね、とドキドキが止まらない。

そして逆に彼女たちも、自分を自分なりの『妻の役割』『嫁の役割』『母親の役割』解釈にはめ込んで、『いい妻』『いい嫁』『いい母親』であろうと、それに協力的でない周囲の状況にいらだっている。

自分が誰よりもそうだったから、よくわかる。

世間に流通している『理想の家族像』に自分をあてはめて暮らしたい欲望。

そこから、自分の結婚と妊娠と出産はスタートしたから、よくわかる。

『理想の妻』『理想の嫁』『理想の母親』がもれなくついてくるのなら、そこに悩みなく酔いしれて暮らしていけるのにね。

でもその『理想』って、誰がどういうふうに設定した『理想』なのかがわからない。

『妻』と『嫁』、これくらいなら単純だった。

ごまかすことはいくらでも可能だったような気がする。それはしょせん大人同士。価値観の違いを確認しながら擦り合わせていくのは、『大人』ならいくらでも可能だったことだろう。

問題は『理想の母親』だ。

これむずかしくない？

私はとても混乱した。『母親らしく』『母親というものは』『母親だからこそ』。

結婚の形態と、親子の状態については、世間一般の流通もまあまあなあなあで、みんなそれなりにやればよかろうという感じで、その多様性について寛容だったりする。ところが『母親』というものに対するイメージは、おそろしいほど固定化されて、世間のイメージの『それ以外』や『その他』を認めようとしない。それが世間と私と私たち。

これには愕然としたよ。

そこには『母親合格』か『母親失格』のふたつにひとつしかないんだから。合格と失格の間を揺れたり悩んだりする余裕がないんだから。

余裕はないのに、産んだ日から、『理想の母親』であれ！という無言の重圧はやってくる。

仕事の重圧だったら、自分なりに試行錯誤して乗り越えるしかないのが、普通のやり方なのに、母親業というのは、余裕なく『世間』や『自分の母親』や『おしゅーとめさん』が、これが『理想の母親』よ、従えばいいじゃないの、とのしかかってくる。うざったいんですけど……と思っても、それ以外に『理想の母親』目指す道ってないんだよね。

特におしゅーとめさんに関しては「あなたが愛した男は、わたしが育てたんだからね、わたしのやり方で正しいのよ」というささやきがもれなくセットにもなっている。

あなたという人間がここにこうしているのは、私のおかげです、って、自分の母親のつぶやきも一緒になっていて、さらにややこしい。

『母親』は、役割の方法じゃないよ、ただのそーゆー存在でしかないじゃん、ということに気がついたのは、私の夫が全然『父親の役割』なんかはたさず、へっちゃらで子どもを3人も私に産ませてしまった男だからだ。

子どもたちに食わせていく稼ぎもなく、食事をととのえてやれるわけでもない。彼は、子どもたちよりカラダが大きくて、運動能力がすぐれているだけの存在である。そして、その特性と能力で、ころぶ子たちを抱え上げ、車にはねられないよう、道で子どもたちの走るカラダをくいとめる。それは自分の子だけではなく、すべて自分の近くにいる、自分より身体能力の弱い者、未熟な者に対して向けられた。

自分でできる能力を使用して、自分より未熟な者を『保護』するだけの日常を過ごす夫。

私は、夫の自分の身の回りにいるすべての子どもたちに対する態度を見ていると、いつも電車のシルバーシートを思い出す。『弱者専用』と銘打たなければ、老人だろうと、障害者だろうと、妊婦であろうと、眠る子どもを抱えた若い父親であろうと、誰も席を譲ろうとしないこの国の『父親らしさ』や『母親らしさ』に何の意味があるのだろうと。

私は、子どもたちに屋根のある安全な寝床を確保する能力と、温かく栄養のある食事をととのえる能力がある。それは『母親の能力』ではなく『大人の能力』なのだと思う。

大人の能力を、子どもという愛すべきもののために使うのは、保護者としての能力である。

『父親』と『母親』、この単語の呪縛から逃れて、私はやっと一息つけた。

放置、虐待、子ども殺しのニュースが、子どもを抱える日常の生活の中、流れていく。これは、母親らしさの欠如ではなく、保護者としての自覚の欠如である。

保護者としての役割をはたせなくなるまで、母親としての役割に追い詰められていったのか。母親に取り換えはきかない。しかし保護者は、いくらでも取り換えがきく。

保護者としての限界に気がつかないように、巧みに『母親らしく』という呪いが、かけられてしまっているのではないか。

いったい誰が、愛情をカタチにして、切り取って、今、ここに取り出して見せることができるんだろう？　どうしてそれを妄信的に信用して、愛があるから大丈夫でしょ？

とひとりの人間にまかせきってしまうことができるんだろう？

愛情は、ただ毎日、額に汗して働いて生活費を稼ぐことか？

手作りの料理をならべ、ほほえむことを忘れないことか？


切り取って、子どもたちに見せるとしたら。

あなたたちの命を、大切に思っていると、カタチにして切り取って見せるとしたら。

もうこの国とこの時代には、スタンダードなスタイルとルールはない。

私は、離婚も家庭崩壊も悪いことだとは思えない。

重要なのは、子どもが大人を信頼して、毎日生きていけることだと思う。

この世界は、信頼に足るものなのか？　子どもたちは、腹をへらし、わめき、眠たがり、愛情を欲しがり、教育を求める。心をもっと誰かと通わせたい、そのためにもっと大きくなってもいいの？　もっと知りたがっていいの？

いつもいつも私にも降り注いでくる。

この世界は、あなたが信用して生きていける世界なのか？

もっと賢く、柔軟で、強くなる必要はないのか？

寛容と忍耐と希望と未来と、手に入れるために、もっともっと。

本文でも触れたように、夫は、父親となる準備もなく、私の『幸せな家庭』の幻想に巻き込まれるカタチで、保護者としても脆弱《ぜいじゃく》なまま8年の月日を過ごしてしまった（それはやっぱり私がいけなかったんだと思う）。

離婚が決まり、やっと自分の食いぶちを自分で稼ぐという、本来自分がしたかった方向に解き放たれ、それなりに忙しく楽しく暮らし始めている。

夫婦の愛情は、とっくの昔にだめになっていて、家族としての愛着もあやしくなっていた。

このまま『家族』にしがみつき『父親』と『母親』の演技をするのは、馬鹿らしく思える。

3年前から、保護者の役割をシェアできていない夫に対してのいらだちがつのり、いらだつ自分にも、腹が立つ日常で、限界はもう見えていた。

問題は、自分のあやまち（保護者に向かない男を、保護者として巻き込んでしまったこと）と、子どもたちとの生活が、ひとりで生きていた頃に比べるとたとえようもなく、おもしろくて楽しすぎるというギャップの着地点を、どこに求めればいいのかということだったと思う。

だからおしゅーとめさんを起点にして、結婚や親子関係のことを、きちんと考えられたのは、本当によかったと思っている。

今、これを書きあげて、私はほんとうにうれしい。

とりあえず私は、私の結論に落ち着くことができたけど、今まで以上に仲良くやっていくとか、わかったこともわからないふりして、そしらぬ顔でやっていくとか、そういうさまざまの着地の可能性も捨てずに提示していったつもりだから、そっか〜やはり離婚しか手はないのか、と早とちりするのはやめてね（笑）。

だってあなたの夫って、ちゃんとあなたと保護者役割をシェアできているでしょ？

とにかく私の思い込みだけで、無理矢理「家庭」というものをイッコ作りあげてきた8年間だった。おとうさんがいて、おかあさんがいて、子どもたちがいて、ほかほかの晩ごはんを食べている。

いつも明るくおまぬけで、泣いたり笑ったり仲直り。

そこにウソはなく、ほんとうのほんとうに私たちは、そういうふうに暮らしてきたんだけどね。

だけど、それは、やはりどこまでいっても、私ひとりの自作自演でしかないことに、私は気がついてしまった。

このまま自分で構築した幻想をひとりでかつぎ上げて走る気力が、この本を書き上げていく過程で、どうしてもなくなってしまった。

まあ、そういうことです。


とりあえず。

ただいま。

私、ひとりで家の灯をつけるんです。

これでたぶん、誰が訪ねてきても大丈夫。

好きな人と好きなだけ。嫌いな人には「帰っていいよ」、ちゃんといえる。

それは大丈夫。

子どもたちの帰宅を、私ここで15年くらいは受け入れる、そういう生活に落ち着きそうです。

編者のひとこと

結婚しても家族がいても、ひとりぼっち。そんなとき、夫とかおしゅーとめさんとか、誰かのせいにしがちだけれど、著者は「なぜ?」を突きつめて考えた。で、理想の家族像にあてはまりたい欲望とか、幻想を自作自演していたことに、気づいてしまった。

キーワードは「保護者」ですよね。母親らしさに追いつめられるあまり、保護者の役割を果たせなくなるなんて、たしかに本末転倒。今の世の中、子どもが大人を信頼して生きていけるのか、との問いかけには、子どものいない私も、どっきりでした。

しっかりした人だなあと、このエッセイで改めて思いました。離婚が人を鍛えるのではない。「ひとりぼっち」としかと向き合い、掘り下げてみることが、人を強く深くするのです。

シングルっていいかも
ペタッ
じゃ これ
うん
これで離婚が成立
目の前に座っている この男は、
もう夫ではなくて 「夫だった人」で
わたしは、もう 奥さんじゃなく、
なん だろう?

中年女？
違う、無職中年女?!
同窓会とかもう行けないよな～
無職中年女…
いや待て
シングル
シングルだよ～
ひびきは、そんなに
悪くないよね～

シマコの歌舞伎町怪談

岩井志麻子

三年前の春、娘は小学三年生で、息子は幼稚園児だった。そんな小さな子供を置いて、私は一人で家を出ていった。

「子供らが、学校に行っとる間に出た方がええと思う」

夫だった人もいったし、私もうなずいた。何でもないことのように、何でもない日常のように、いなくなった方がいいと。永遠の別れでもないし、何よりもありふれた悲劇にしてしまいたかったからだ。

息子はその日、私の望んだ通りに何でもない日常に生きていて、帰れば母ちゃんは当たり前に家にいるのだと信じていたようだ。しかし娘は、何かを感じていたらしい。ありふれているけれど、大いなる不幸を予感していたらしい。

無邪気さよりも、賢さの方が時には可哀相なものとなる。岡山では、「可愛い」は大抵が「可哀相」の意だ。可愛いものは、可哀相。可哀相なものは、可愛い。

後から夫だった人に教えてもらったのだけれど、娘はその日先生に、ちょっと早く帰らせて下さいと頼んだそうだ。図工の時間に作った紙細工を持って、必死に学校から走って帰ってきたという。母ちゃんにこれを見せるんだと、息を切らせて。

初めてそれを聞かされた時の私は、自分が傷つけたものの可愛らしさと可哀相さに、ほとんど恍惚とした。

本当にわずかな時間差で、私は岡山空港に向けて発ってしまった後だったのだ。娘があまりに泣くので、夫だった人は娘と息子を連れて空港に来てくれた。本来、するはずのなかった見送りをするために。

夫だった人も少し涙ぐんでいたが、娘はもう泣きそうな顔しか見せなかった。そう、泣いている顔ではなく。息子は本当に小さな小さな子供で、母ちゃん東京のお土産買ってきてんな、と手を振ってくれた。娘は、私に見せたかったという工作を、その時は持っていなかった。あまりにも慌てて出てきたせいだろう。

「母ちゃんに、ばいばい」

そういったのは、夫だった人だ。私は振り返らなかったし、泣かなかった。子供達にとってこれは悲劇ではない、取り返しのつかない失敗や不幸ではないと自分に言い聞かせなければ、身も心ももたなかったのだ。

その癖、夫だった人に、娘が学校を早退《はやび》けして必死に走って帰ってきたことを聞かされた時は薄笑いを浮かべ、できるだけこの女が苦しんで死ねばいいと祈った。

とりあえず、絶対母ちゃんは東京で幸せにならないからと、言葉にはせずに子供達に約束した。母ちゃんは不幸になる。大いなる不幸ではないけれど、いつでもひっそりとした不幸の中に生きるから。ずっと、ずっと。

小学校からの帰り道、工作を持って必死に走っている娘の姿は、実際に見た訳ではないのに、最も辛い記憶となって、思い出す度に私が壊れる速度を早めた。実際に空港で別れた娘の姿も覚えているのに、そちらは少し切ない景色にしかならなかった。

望んだ通り、その後の私は小さな不幸の中に生き続けた。小さな不幸や淡い悲しみは、私にたくさんの文章を書かせてくれた。そのためにたった一人で出てきたとはいえ、私が書く文章はめくるめく不幸に満ちて、しかし発表されれば当の本人が戸惑うほどに評価をされていった。それもまた、ささやかな悲劇だった。

――娘が六年生に、息子が三年生になった夏。いろいろと事情があって、ちょっとの間会えなかった私達は、岡山で久しぶりに会った。夫だった人に似て大柄な娘は、私より五センチも背が高くなっていた。

「久しぶりじゃなあ。お母ちゃんを忘れとりゃせんよな」

「……覚えとるよ」

「学校、楽しいか？」

「……普通」

「夏休み、何しとるん？」

「……別に」

明らかに子供から女になりつつある体型と心のうちを見せ付けられた私は、娘といえどもかすかな恐れを抱いた。昔の私がそっくりそのまま現れた、といってもいいからだ。幼い厭世観《えんせいかん》と無邪気な悪意とに満ち、それでもきれいなものを切望していたあの頃。自己愛も自己嫌悪も、未熟なりにいっぱしのものだった時代。

すぐに飛びついてきた息子と違い、娘はなかなか私に近付こうともしなかった。

「この頃ますますお前そっくりになってきて、時々嬉しさと腹立ちでいっぱいになる」

と夫だった人がいった横顔は私そのものだったから、返事は半ば予想していたのだ。

「母ちゃんは、新しいマンションに引っ越したんよ。歌舞伎町いう面白い所にあるんじゃ。一緒に行こうや」

と誘っても、あっさり断られてしまうであろうことは。予想通り、その横顔を向けた娘はただ一言、「行かない」といった。私の方を見ずに。

別れてしまってからも、夫だった人と連絡を取り合っている私は、すでに娘が初潮を迎えていることを知っていた。シャツの上からも、しっかりと胸が膨らんでいるのは実際に目のあたりにした。

救いというべきか、息子の方はもちろん大きくはなっていたけれど未だ子供子供していて、僕は行きたい僕は行きたいとまとわりついてきてくれた。

「夏休みの宿題はあるんか。まだいっぱい残っとんか」

勉強しろよ、成績はええんか、とは決して聞けないしいえない私は、息子だけ連れて歌舞伎町の自宅に戻った。息子は生真面目に答えた。

「宿題は、工作だけが残っとる」

「よっしゃ、母ちゃんが手伝うたる」

「いや、ええ。僕一人でできるけん」

……息子と手をつないで、ハンズに工作の道具を買いに行った。別れた頃は、手をつないでいてもちっとも大人しくしてくれなくて、突然に一人で駆け出したり、あれ買って買ってと騒いだり、もう歩けないおんぶおんぶとぐずったりしたのに、時には私に遠慮や気遣いさえ見せながら、いつまでも手をつないでくれていた。

家に戻った私達はリビングで、何でもない日常を過ごした。息子はちゃんと乾電池のプラスとマイナスの意味もわかるようになっていて、硬貨を入れると光るよう細工した貯金箱などをこしらえた。その成長ぶりは私に、喜びよりも悲しみをもたらした。

そんな息子を眺めながら、ワープロに向かって仕事をした。小説と貯金箱と。どちらもあと少しで完成という時に、この連載エッセイの担当編集者であるジミーちゃんがやってきた。お昼を一緒に食べる約束をしてあったのだ。

「普段はこんな小さな子供と接すること、ないっすからねぇ」

といいつつも、結構ジミーちゃんは偽者の父親をやってくれたのだった。三人仲良く歌舞伎町を歩いている姿は、周りから見ればそれこそ、ありふれた幸せな親子連れに見えただろう。実態は担当編集者と作家であり、子供は確かにわが子ではあるけれど、別れた夫側に引き取られ、普段はこの母親とは暮らせない身の上なのだ。

誰も、正確にいい当てる人や見抜ける人はいない。いや、不幸や幸福、日常や非日常といったものが他の場所とはいささか異なる歌舞伎町という街では、簡単にいい当てたり見抜いたりできる人はいるのかもしれない。いたとしても、その人はあれこれ詮索だの何だのはしないだろう。歌舞伎町、なのだから。

昼ご飯を食べた後、ジミーちゃんは会社に戻っていった。私は息子と家に戻り、それぞれに工作をして仕事をした。息子は宿題である貯金箱を完成させた後、

「ジミーちゃんにあげる」

と、割り箸で輪ゴムを飛ばす鉄砲を作っていた。

「母ちゃんも、ジミーちゃんにあげる原稿を書かにゃいけんのじゃ〜」

そう答えて、息子の手にある割り箸を見ながらキーボードを叩いた。ありふれた、幸福な午後だった。幸福にはならないと決めた母ちゃんなのに。

その夜、とある文学賞のパーティーがあった。私は息子を連れて、出席した。一杯、いろんな人に会わせた。母ちゃんに幸せをくれたかもしれない人にも会わせたし、不幸せしかくれなかった人にも会わせた。そんなもの、どっちも関係ない人にも会わせた。息子はお化粧していい服を着て愛想笑いとお辞儀を繰り返す母親を見て、幸福か不幸かはすぐに判断できないようだった。

せっかく会場でまたジミーちゃんに会えたのに、息子は割り箸の鉄砲を忘れてきていた。ジミーちゃんは別の二次会に出なくてはならなくなり、私はまあ、いつものメンバーで二次会をすることになったのだ。

雑誌の企画でプチ整形なるものを施され、無茶苦茶に悪巧みをしている美人の目付き、になってしまわれた中村うさぎ女王。とっても押しが強くて頼りになって、ついでにカラオケで「石狩挽歌」を歌わせたら日本一の女社長F。一見好青年、実は物凄く邪悪な癖に可愛いひとと結婚が決まっていいなぁ〜、のB藝S秋のA俣君。この三人で、息子をいじり倒したのであった。

A俣「いやあ、僕にだってこんな可愛い子供の頃はあったんだから」

女社長「嘘つけっ。お前は人造人間ピノコ説が根強いんだからな」

女王「ほーっほっほ、私はう・さ・ぎよ。うさぎ。うなぎじゃないのよっ」

息子「……僕、なんだか疲れた」

よりによってA俣君にうさぎ女王に女社長Fかよ〜っ、息子は岩井志麻子の息子に生まれたというだけで、充分すぎるほどの十字架と業《ごう》とを背負っているというのに、この三人に深夜いじられるとは、前世でどんな悪いことをしたというのか。

しかし情緒的になっている暇はない。息子を翌日には、岡山に送り届けなければならないのだ。寝る前に、息子に聞いた。今日会った人の中で、誰と誰を覚えている？　と。

「うさぎちゃん。女社長……それから、ジミーちゃん」

やっぱりその三人がトラウマ、いや、強い印象を与えたか。私は苦笑しつつ、寝入った息子の顔を見ながら持ってきたリュックサックの整理をしてやった。貯金箱もお土産も入れておかなくてはね、と。あんたの父ちゃんに怒られるけれど、お小遣いも。

空港には、娘も迎えに来てくれていた。実際には娘と別れたのはこの空港だったのに、私の中では小学校からの道を必死に走っている姿が一番鮮烈な娘の思い出となっている。実際には見ていないものの方が正しい記憶となっているのは、私だけではないだろう。

息子はやっぱり、屈託なく手を振ってくれた。娘もまた、小さく振ってくれた。私はあの時の娘をまた思い出す。以前は、思い出すたびに胸が潰れそうになっていたその思い出は、いつのまにか悲しいけれどきれいなものになっていた。

――一人で東京に戻った私は、割り箸の鉄砲がないことに気付く。息子はジミーちゃんに渡していない。ということは、うっかりリュックサックに入れて持って帰ってしまったのか。息子は泣き泣き、ジミーちゃんを追いかけたりはしないだろうけれど。

それにしても、娘が作った母ちゃんのための工作。それはどこにいってしまったのだろう。三年前の寂しい春の、あの景色の中に置いてきてしまったのか。

渡せなかったものは、渡してしまったものよりもずっと多い。私達だけではなく、すべての人がだ。だから、ささやかな不幸というものは素晴らしい物語を作る。主役となる人すら置き去りにして、物語を作らせる。

息子と別れたその日の夜、連絡が入った。『trái cây　チャイ・コイ』という私の小説が、第二回婦人公論文芸賞に選ばれたというものだった。

やっぱり私は小説を書きたいのだ、何を措《お》いても何を捨てても何を得られなくても、一人で書きたいのだと夫だった人に告げたのは、三年前だ。その時からすべてのことやものが、私に小説を書かせてくれた。工作を持って走っていた娘や、母ちゃんがいなくなるはずがないと信じ切っていた息子と引き替えに。

小説を書いている間に大きくなった子供達は、もう知っている。母親としてはどうしようもない駄目な女だったと、子供達の周りではさんざんいわれているけれど、小説の世界では誉めてくれる人達もいるらしいと。

今、私は自分がうっすらと幸福であることに、悲しみを抱いている。

編者のひとこと

痛いです。母を失う予感に小学校からの道を必死で走ってきた娘も、そのことを聞いて、自分は絶対幸せにならないと誓った母の気持ちも。

シングル・アゲインというひとことの中にも、つらい選択の歴史があるんですね。

何かを選ぶとは、ひきかえに、別の何かを、あきらめること。無意識の場合もあるけれど、ときには、酷《むご》さをはっきりと意識しながら、心を鬼にして、捨てなければならないこと。捨てた側も、傷を負うこと。その厳しさを感じて、胸がひりひりしてしまった。

何も得られなくても、ひとりになって、書きたい。すごいエゴだし、すごい覚悟。でも、もし男性が同じ決意をしたときに、ここまで究極の選択を迫られたかと考えると、複雑です。

シングルっていいかも
きっさ店
てく
てく
てく
いらっしゃいませ
あとからもうひとり来ます
こんにちは
ひさしぶりー
元気そうね
ええおかげさまで
わたしはすっかり足が弱くなって……
あら、それを言うならわたしは腰が悪くて
歳だししかたないわね

末の娘も やっと 就職が 決まって
おめでとう ございます
あら
それがね、勤務地が アメリカで……
あら、それは 淋しいわねえ
主人も 亡くなって もう、わたし ひとりぼっち よ
わたしなんか シングル だから ずっとひとりよ
去年 母の介護も終って もう、本当の ひとり
同じね
そうよ、同じよ
時々 ごはん 食べ ましょ
食べ ましょ

七十五歳までに最後の引っ越しを

岡田信子

21世紀に向かってひた走る。

「誰が？」

人間はそう速く進みたくないのに、物事だけがさっさと進んでいるのが現状である。

特に、五十代に入ってから月日のたつのは競歩並みになった。六十代に一歩足を踏み入れたとたん、競歩どころか、オリンピックのマラソンランナーのスピードで年が去っていく。

「こらー、時計を止めろ」

子供のころ、大人や子供のいじめに遭うたび、私は早く大人になりたいと希《ねが》ったのに、月日はちっとも動かないように思えた。わが子の病気や学校でのトラブルの渦中《かちゅう》にあっては、どんなに時のたつのが遅々としていたことだろう。

アメリカの生活保護受給者たちにどやされながら、何百というケースの書類の山を少しでも崩そうと夢中だったとき、来る日も来る日も時間は私に重たくのしかかるだけだった。

中高年という、あと十年、ボケない年月があるかもしれない、ないかもしれない人生の最終段階に来て、私はしみじみと自分で買った「屋根」を眺め回す。わが1LDK城を。

八三年五月、アメリカからUターンした私は、女一人の再出発に踏み切った。五十一歳であった。

男女とも、庶民の中高年がもう一度人生をやり直すための最大の関門は、「何をして生活していくか?」「どこに住むか?」の二点である。

親友のように仲がよかった亡《な》き母は、古くて客の来ない旅館の一部屋を使うことを望んだ。昔は東京の場末と呼ばれた町だった。

そこで私は家賃と食事代を払った。嫌がられる居候《いそうろう》にならないように、同じ屋根の下の、長い廊下の先の別の一角に住むきょうだいの配偶者に気をつかいつつ生活したつもりだったが……。家は母の名義だったにもかかわらず、半年かそこらで、師走《しわす》の街へ、文字通り義理の女《ひと》に追い出されてしまった。

そのいきさつは、前著(『たった一人、老後を生きる』)に記したので、ここでは結果のみにとどめる。あのときのオヨメさんの強さやイジワル度が想《おも》い出され、ぞっとするので、ふり返るのも躊躇《ちゅうちょ》する。

要するに、私は学んだのである。同じ家賃を払っても、実家の屋根と他人の家の屋根は全然別物だと。

「女の熟年再出発は、まず身内ではなく、他人の屋根の下ではじめるべし」

甘えは許されない。少なくともスタートどきには。たぶん経済的にデンと独立するまで。

仕事もしかり。

五カ月の間、私は新聞の求人広告に電話で問い合わせること二〇三回。履歴書を郵送すること二一回。面接をお許し頂いた先は六件。ほとんどみな同じ口調で、「3K女（高年齢・高学歴・孤立）は雇えん」。

だが、私の人生の節目節目に現われる、捨てる神さまに対して存在感を発揮する、拾う神さまのお陰で、子供英会話教室主任の給与所得と、主に女性誌の十三年に及ぶ連載の収入で、ごはんを食べ、マンションを買うべくせっせとお金をためることができた。

マッチ箱のような新築ワンルーム・マンションでの生活。その代償は、ホルムアルデヒドみたいな物質とカビで、慢性アレルギー鼻炎となる。東京文京区の高級住宅地の一角で、外観と便利がよく、ついつい十年も箱の中に住みついてしまった。鼻炎もしつこく住みついた。

楽しいこともなくはなかったが、五十代の女盛り（？）を犠牲に、老後の個人年金と住まいを獲得するための仕事中心の生活になっていった。両方を掌中にするのに、ちょうど十年かかったわけである。家族とは〝音信不通〟だが。

「浪花節《なにわぶし》だよ女の人生は……でしょ。みんな色々あるのよ。でも、岡田さんはいい方じゃない。自分の城が買えたんだから」

同じような立場の友人に説教された。

六十一歳で、今のマンションを雑費込みの約二六〇〇万円で買った。七〇〇万円のローンは二年目にゼロにした。

ローンの利子の方が、定期の利子よりずっと高く、緊急用資金を残して精算せざるを得なかった。経済専門家もその方が得だと言っていた。

常識的に言って、老後の住まいは、お金がたまってからでなく、たまり出したら早めに準備したい。たぶん私なんか待ちすぎた方であろう。五十代で賃貸から分譲に移行していたら……とも考えないでもないが、あのバブル狂時代の東京のことだから、手も足も出なかった。

五十を過ぎ、夫なり男の人なりの生活費の援助と無関係な立場にいて、二種類の仕事を持ち、みじめにならないための好環境で高めの家賃を払い続けていた。

そこは女だけのマンションで、全員娘のような年齢だった。約十年間、外へ出ないと行けない地下の共同洗濯機でしか自分の衣類を洗えず、行けば必ず先客がいて不便だった。いい年のおばさんが、自分の洗濯機もない生活。昔アメリカで、妻と母をしていた家は、三百坪にキッチンがマンション一戸分の大きさだった。過去をふり返ってくよくよするつもりはないが、あまりの違いであった。

そのマンションでは、お掃除のおばさんと間違えられたこともあった。「お孫さんのところへ遊びに来ているんですか？」と聞かれたこともあった。（いいかげんにしてよ）と怒鳴り返してやりたいほどバカらしい、年齢差別のシーンもあった。

バブルが崩壊しはじめ、これ以上値段は下がらない、と不動産評論家は声を強めた。私のカンが電波を送り出した。老後の住まいという感覚はそうなかった。それより自分の屋根を確保するべき最後のときのように感じた。いつか売って老人ホームへ入ればいいと。

幸い東京近郊のこのN市に自分の好きなデザインの1LDK（約四三平方メートル）

を、大手不動産が新築中との広告が目に飛び込んできた。

私の年収もうなぎ昇り（？）のときだったので、不動産と提携銀行も六十過ぎの女一人の世帯主にお金を貸す気になったのであろう。かくして一城のあるじとなった私の郵便箱に、五年半後の今年の六月、一枚のチラシが入っていた。

マンション売ります、の広告だ。買うつもりはないので、チラシをメモ用紙に小さく切ろうとして、目の端にちらっと映った間取り図に視線を当てた。

（えーッ。うちと同じ間取りじゃない）

なんと、それもそのはず、わがマンションの同じタイプの二階の住人が売りに出しているのだった。さらに目を見張ったのは、価格だった。

「一六〇〇万円」とある。そのマンションは、最上階の七階の私宅よりずっと安かったが、五年間で約五〇〇万円目減りしたことになるのだ。

（うちだったら、いくらになるのだろう？　昔なら不動産を売るときは、買ったときより多少高いのがふつうだったじゃないか。バブルとは、まあにくたらしい奴《やつ》！）

これでは、私が売るころ、つまり七十五歳までにたぶん老人ホームに入らざるを得ない、老化現象差し押さえ限界年には、いくらになっているのだ。

一年で一〇〇万円の目減りということは、家賃にしたら月約八万三三〇〇円プラス月約一万二〇〇〇円の管理費になる。九万五〇〇〇円以上だ。管理費も値上げされそう。敷金二と礼金一くらいと、二年ごとの更新料がないだけいいものの、冗談じゃないよ。

（これじゃあ、稼げども稼げども、わが老後楽にならず。とても有料老人ホームの入居金や月額支払金をためるまでにはいかない）

ひどい！

どんなに前から、老い支度にかかっていても、時の運と健康上の急変で、どんでん返しもあるというレッスンである。

まだ、三故障息災でやっていけるだけいいとしなくてはなるまい。私の場合の三故障とは、慢性カビ・ほこり・ダニ鼻炎と胆石症と自律神経失調症であります。他にもあるかもしれないが、この本を出すまで検査は見送っている。頭の中も診《み》てもらう必要を感じてはいるが。

知人のGさんは、科学畠《ばたけ》のキャリア・レディであった。一生独身を通し、四十代前半から着々と老い支度をはじめ、周囲の人々を驚かせていた。

母子家庭で育ったGさんは、特養ホームで惨《みじ》めな死に方をした母の二の舞をするまいと、異常なまでに財テクにのめり込み、老後の豊かさを夢みて、「カネ、カネ、カネ」の生活に明け暮れていた。

十人並みの器量で、彼女と結婚したがっていた同僚もいたのだが、かたくなに女の幸せを拒否した。恋人も作らずに。

Gさんは七十歳までに有料老人ホームに入るのだと、数年も前から全国の施設を訪ねたり調査したりで、この面でも実に合理的であった。

蓄財も億に近いとか、それ以上だという噂《うわさ》もあったほどだが、果たしてどうだったか。その豊富な資金を注ぎ込み、Gさんは三食と安全保障医療つきの豪華な老人ホームへ入居した。

ところが、経営側がバブル時代の財テクに失敗したとかで、どうもホームの運営継続に暗い影がさしたまま。悪い情報が飛び交っている。

完璧《かんぺき》に見えたGさんの老い支度だったのに、彼女はこの事態にうつ病になり、人と会うのや通信を避けつづけている――。

「倒産すれば、Gさんには一銭も返ってこないんだって」

と、Gさんの友人は眉根《まゆね》を寄せた。

「たとえ、裁判に持ってったって、Gさんの神経がもたないでしょうよ。なんのためにあくせくした四十代、五十代だったのか。もう老後は成り行きまかせにしようっと」

どんな人生にも浮き沈みがあり、それが老後にやってくると、私たちは予想外の衝撃を受けて傷つきやすい。

自分を守る方法は、完璧な計画などなく、万一うまく行かなかったとき、長く落ち込まずにはね返せるかどうかにある。

最悪の事態にも、どこかに小さくても希望の光が見出《みいだ》せるものなのである。命あってのものだねだ。でも、死にたくなることもあるのが人の世である。

編者のひとこと

ひとり暮らしをはじめるのは、二十代、三十代とは限らない。五十を過ぎて、しかも無からの再出発もある。シングル・アゲイン。

いざというとき帰っていける親の家も、もはやない、仕事もない。

「そのパターンをいちばん恐れる」という人が、シングルにも既婚者にも多いのでは。

独立は抽象的な問題ではありません。何をして食べていくか、どこに住むか。ひとつひとつが具体的で切実。

岡田さんは身をもって教えます。悩む前に動け。求人広告に二百三回も電話する根性には、頭が下がる。

職探しにおける年齢差別、老人ホームに入るための資金難などの記述には、わが行く末の厳しさを感じるけれど、それでも元気がわいてくる一編です。

台所より愛をこめて

宇野千代

私は今日も相変わらず、料理を作るために、台所に立っています。私にとっては、料理を作るその過程が、とても愉《たの》しいからなのです。

しきたりや形式にとらわれないで、自分流の料理を発明することに、生き甲斐を感じている、とでも言うのでしょうか。一生懸命になって作っていると、必ず、旨《うま》いものが出来るのです。面白いことですが、料理というものは、もう、これで好《よ》い、と言うような到達点がありません。やればやるだけ、奥が深いものではないでしょうか。

この秋で満九十一歳になる私は、どうしてそんなに元気なのですか、とよく人に訊かれる。くよくよしないで、のんきに暮らしているからですよ、と答えることにしているが、さて、この私の元気の源はどこから来るのだろうか、と自分でも思うことがある。

勿論、生来の楽天家と言う性質にもよると思うが、私は最近、この私の活力は目刺《めざし》と菠《ほう》菠薐草《れんそう》を毎日のように食べるお蔭だと確信するようになったのである。

私は人に訊かれると、何でも安いものが好きなんですよ、と答える。安いものの中にはなかなか、おいしいものが沢山《たくさん》あるものですよね。温かいご飯に菠薐草の胡麻よごし、焼きたての目刺、その他、豆類のようなものでもあれば、申し分がないですね。考えて見ると、私の一生は、目刺と菠薐草とに支えられた、と言っても過言ではありません。

私は生まれつき貪欲《どんよく》な性質と言うのであろうか。食べる物の好みなども、何とも言えず、しつっこい。こうしたら好い、と思うことがあると、その上にまた、一工夫も二工夫もして、作ってみるのが癖である。

毎日飲んでいる茶も、私のうちでは、あの、京都で作っている茶ではなく、青山二郎が東京に近い、伊東で暮らしている間に、そこで発見したものであるが、伊東の或る家で特別に作っていた手揉みの茶を、青山二郎のところから分けて貰い、のちには、それを作っている家から、直接に送って貰えるようにしたものである。

しかし、手揉みの茶であるから、機械揉みの茶のように、細く、針のようにとんがっているのではなくて、一つ一つの葉の形が不揃いで、不恰好にまるまっているのであるから、ちょっと見ると、まずい茶のように思われる。ところが、この茶の葉っぱでいれた茶の旨いことと言ったら、喩《たと》えようがなかった。

それだのに私は、この煎茶《せんちゃ》をそのまま急須《きゅうす》に入れて使うのではなく、一ぺん、弱い火にかけた焙烙《ほうろく》の上で気ながに焙じてから、その上に、じゅっ、と音を立ててはじけるような熱湯を注いで、飲んでいるのである。最上等の手揉みの煎茶に、熱湯を注いで飲むなんて、馬鹿じゃあるまいか、と思われたかも知れないが、その茶の香ばしいことと言ったら、ないのである。いまでは、この茶がなければ夜も日も明けない。

私は野菜を煮るのに、あく抜きすると言って、ながい間、水につけておいたり、柔らかくすると言って、ながいこと、鍋の中でことこと茹でて、その茹でた水を捨てたりすることは決してありません。ながいこと水につけておくと、あくと一緒に野菜のほんとうの旨味が抜けて了《しま》いますし、柔らかにするために長時間ことことと煮て、その煮汁を捨てると、これも、野菜のほんとうの旨味が抜けて了います。

あくは抜かない、柔らかにもしない。ではどうして野菜を煮るのでしょうか。あくも抜かない、ことことも煮ない、ただ皮を剝《む》いたままの生の野菜を、油でから揚げにするのです。牛蒡《ごぼう》は野菜の中でも、一番あくの強いものですが、このあくの強い牛蒡をただ皮を剝いただけで適当な大きさに切り、さっと水洗いしたものを、ふきんで、叮嚀《ていねい》に水気をとります。そして、サラダオイルでから揚げしたものを鍋の中にとり、その上から、かつを節でとっただし汁をたっぷり入れ、砂糖、醬油、酒、化学調味料を加えた煮汁を、そうですね、牛蒡のから揚げにした上に、三センチくらい冠《かぶ》るほどになった、たっぷりした煮汁の中に、例の通り、百グラム千二、三百円くらいの上等の牛肉を、三本の牛蒡の中に五十グラムくらい入れて、ことことと弱火で一時間くらい煮るのです。

すると、煮汁はほとんど牛蒡の中に吸い込まれ、なくなって、牛蒡だけになる、その間、決して焦げついたりしないよう、また、煮汁がなくなったりしないよう、煮汁を足し、足しして、よく注意しながら煮るのです。まァ、この煮上がった牛蒡の柔らかく、おいしいことは、何にも喩えようがありません。

野菜を煮るのには、凡《すべ》て、この方法に限ります。ながいこと水につけてあく抜きしたり、また、柔らかくするために、ながいこと茹でて、その茹でた湯を流して捨てたりするのは、野菜のほんとうの旨い味を凡て捨てて了うのです。あく抜き、ことこと茹でが野菜を煮るコツだと思い込んでいるのは、一種の迷信にしか過ぎません。

この牛蒡のほかに、人参、蓮根、里芋などの野菜も、凡て、この方法で煮るのです。

編者のひとこと

九十一歳ですよ。それで毎日台所に立っているのです。料理は脳の老化を防止すると、何かで読んだが、ほんとうかもと思わせます。

家族がいたら、さすがにこの歳だと「火の消し忘れが危ない」とか言って、煮炊きをさせてくれなくなりそうだけど、ひとりだと、自分でする他ないし、したいようにできるものね。

しかも、このこだわり。しつこさ。おいしいお煎茶でも、さらに焙じて、より香ばしいお茶にする。食い意地は生命力のもと。シングルだけのお手本ではありません。結婚してたって、独居老人になるかも知れないんです。女の方が平均寿命は長いから。

ひとりだから食事なんてどうでもいいやと投げ出すか、ひとりだからこそ好みを追求するかで、日々の張り合いが違ってきそう。

シングルっていいかも
よく寝た〜
日曜日っていいなー
ラーっ
さてと
何食べよ
パンもいいな、そろそろ
午後のバゲットが
焼きあがる時間だし
パン
久しぶりに、
宅配ピザもいいな
ピザ
どうもー
ピザ
ズズズーっと
ざるそば食べに
行ってもいいし、
カフェメシもいいな
本読みながら
それともデパートに
買い物行って
レストランで食べる
のもいいかな
デパート

あ、でも、日曜の
デパートは混んでるし、
これはパス
さーて
どうするか
この今の幸せは
ささやかな
ようだけど、
わたしに必要な
幸せの
ひとつなのだ
ガバッ
よし
決めた
久しぶりに
カレー作ろ
ひとりで
カレー作って
ひとりで
食べよ
誰かのために作るの
だけが料理の
楽しさじゃないと
思う
わたしのために
作るのも
また楽しい

シングルいろいろ

例えば、私がいつも行くデパートの婦人服売場に、出かけたとします。覗いてみる店は、ほぼ決まっている。三階の私好みのニット類を置いてある店。着やすくて、そこそこきちんと感のある、良家のお嬢ふうのデザインが気に入っている。お値段も手頃だし。

先日も、夏物のニットジャケットを見にいった。

「すみません、はおってみていいですか」

店員さんにひと声かけて、鏡の方へ行くと、試着室の扉がちょうど開き、同じ型で色違いのジャケットを着た女性が出てきたところ。その斜め横顔に、

(若い……)

思わずひるむ。頬なんて、とれたての桃のよう。産毛《うぶげ》まで生えていそう。

二十歳そこそこのＯＬさんか。

「えー、どうしよう、少し考えますぅ」

かわいく迷って、扉を閉めた。

あれが、お店が本来ターゲットとしている年齢なのか。見渡せば、店員さんもおそらく全員二十代。私が早くに結婚、出産していたら、娘であってもおかしくはない年だ。

(私ってば、娘くらいの年の人に混じって買い物をしてたんだ!)

もしかして、その場ですごーく浮いていることに、自分だけ気づかないでいるのでは。店員さんは、思ったって絶対言わないだろうし。

着回しのきくデザインだと、色違いで二枚いちどに購入したりする私は、初任給をもらいたてのOLさんより、お店に落としていくお金は、多いと思う。ゆえに、店員さんも感じよく接してくれて、誰からも勘違いを指摘されぬまま。

そうして、肌は衰えているのに、服装だけ変に若づくりの、アンバランスなおばさんになっていくのか……。

体型だって、りっぱな中高年。現にお腹回りに肉がついてきたため、スカート類はこの店のは着られず、四階のミセスサイズ売場で買っているのだ。

お入学とか、結婚十周年だとか、時の経過を否が応でも感じさせられる節目っぽい出来事がないために、自分だけ何も変わらぬと錯覚しながら、ずるずると年をとってしまうのが、シングルの落とし穴かも。

なんて、デパートめぐりひとつしていても、シングルについて考察し深くうなだれるのは、このアンソロジーを編んでいたせいかもしれません。服だけ若づくりのおばさんなんて、シングルでなくたって、いるのにね。「服は娘と共用です」なんて胸張って言っている人の中にも。

急性の職業病みたいなものかしら。


シングルライフのアンソロジーを作ろうということになり、編集の人と第一回の打ち合わせをして。

まず頭を悩ませたのが、「何をもってシングルとするか」。これが案外、一筋縄ではいかない。

シングルについて書かれたあんな作品があったな、と思いついても、

「あれっ、あの著者、その後結婚したんじゃなかったでしたっけ」

「いや、一度結婚したけれど離婚したんじゃ……ちょっと待って下さいよ、別の人の話かもしれない」

「ていうことは、ずっと独身でなくたって結婚経験ありでも、シングルに入れていいのかな」

「結婚はしていなくても、パートナーがいて同居しているケースは、どうなんだろう」

「???」

話せば話すほど、収拾がつかなくなってしまう。

また、いくら著者ご本人がエッセイやインタビュー等で明らかにしているとはいえ、人の私生活に関する情報を、えんえんと交換し合っているのも、後ろ暗い。結論として、シングルがテーマになっているならば、著者が今現在シングルであるかどうかは問わない、ことにしました。それを言い出せば、編集時はシングルであっても、本が出る頃には結婚しているかもしれず、ほとんどナンセンスだからです。

そして実際、女の人生、なかなか変動めまぐるしいことを、作品を集めてみて知った。

書かれたときは、ほぼずっとシングルでいきそうであっても、その後結婚したというケースが続出。あまりに多過ぎて、各編の後のコメントに、いちいち書いていられなかったくらい。

　結婚しないかもしれないない不安を、悶々と綴り、

「そうよね、そうよね」

　と読みながら私が、共感の拳を握り締めた人でも。ひとりで老いる覚悟を決めて、そのための具体的な知恵を伝授してくれ、

「ああ、私はこの人の背中を見て、しっかりと歩んでいけばいいんだわ」

　と信じた人でも。その後めくるめく愛の嵐があったり。

「裏切り者ーっ」

　と吼《ほ》えることは、しませんでした。それを言ったら、

「やっぱり、何だかんだ言っても、女の幸せは結婚よね」

　と認めてしまうことになる。あくまでも、人はそれぞれ、人生の答えに正解はない、の立場を私はとります。

　その人たちのケースからは、結婚に至ったことよりも、

「人生って、それだけ、いろいろな展開があり得るんだ。自分が思うよりも、いろいろな可能性を秘めているんだ」

　という点で、希望をもらうことにして。

「私もまだまだ、どんなわくわくすることが待っているか、わからんぞーっ」

これは声を大にして、青春映画のように空に向かって叫ぶのです。


ひと口にシングルと言っても、私のように、ずっと独身、ひとり暮らしという、わかりやすいパターンだけではないことも、知った。独身だけれど親と同居、離婚してシングル・アゲイン、未婚の母あるいは離婚という選択の結果のシングル・マザー……実にいろいろ。

二十代から九十代にわたる、シングルをめぐる作品を読み、

「私もこうだった」

「今の私は、この人に近いかな」

「年をとったとき、こんなふうな心境になれるかしら」

と自分の過去、現在、未来を重ね合わせ、興味深かった。

考え方はそれぞれ。時代も微妙に影響する。けれど、個人差や時代の違いを超えた、傾向のようなものはある。

一度も結婚したことがなく、年齢も比較的若いシングルには、結婚は、今すぐするしないは別にして、やはり気になる問題らしい。

三十前後という時期が、いちばん揺れるようですね。二十代を全力で過ごしてきて、突然「このままでいいのか」って思いにとらわれる。

三十前後は、若いなりに老化が進む頃であり、二十代で無理した疲れが、どっと出る頃でもあるんですよね。そのへんは、同世代の男性とは違うみたい。

女性は毎日、鏡を見ますから。ある日突然、目尻に深いしわを発見する。遅くまで仕事した翌朝、フェイスラインのたるみが元に戻らない。四十代の私にとっては、もはやなれっこになって、びくともしない出来事に、その年ごろではショックを受ける。

体力面でも、徹夜がきかなくなったり、あっちこっち不調が出てきたり。また、この美容、健康面で老化と向き合わざるを得ない時期が、ライフスタイルの多様化と、ちょうど重なるのです。同世代で、結婚、出産する人が出はじめる。

そこには、シングルの自分がまだ知らぬ充実がありそう。

このままでいいのか。いけないとしたら、それは何？　私がまだしていない何か。それすなわち、結婚では。

シングルで得られぬものは？　人はなぜ結婚するのか。

この時期、シングルを考えることは「結婚というもの」を考えるのと同義語です。

なまじ選択肢があるものだから。もしも女性に職がまったくなかったら、かくも悩むことはなかったでしょう。

「なぜ結婚するかって？　決まっているじゃない。食べていけないからよ、生活のたつきがないからよ。ウチは資産家じゃないんだし、親だって、いつまでも生きているわけじゃないんだからね。そんな愚問を発してるヒマがあったら、もっと真剣に相手を探せ」

周囲から一蹴《いっしゅう》されたはず。

今は結婚しなくても生きて「は」いける時代になったから。恵まれてはいるけれど、それゆえの迷いは深い。

ただ、雇用条件は一般的に、男性に比べてよくはないですね。

「今の仕事で、一生やっていけるのか」

と自分に問えば、うーんと考え込まざるを得ない。

リストラの対象にはされやすいだろうし。このまま給料が上がらなかったら。派遣やフリーだと（私も後者）、将来の保障は何もなく……。

シングルを考えるのは、「女が働くということ」を考えさせられることでもあるようです。

三十前後における、具体的な相手を欠いた「結婚というもの」という概念との格闘。それは、言ってみればひとり相撲なので、私の経験からしても、やがてくたびれ、力尽きる。

で、気がつけば、日常生活だけは着々と続いている。そっちの方にむしろ確かさと手応えを見出し、地歩を固めていきます。

この段階で、

「私は結婚しない主義です」

「ずっとシングルでいきます」

と決めている女性は、おそらくは皆無に近い。

「結婚しないと決めたわけではないけれど」

と、とりあえず保留する。この保留は、マイペースの暮らしが心地よいため、うかうかすると無期限になりがちなので、要注意ではあるのだが。

当人の意識としては、「結婚はしてもいいし、しなくてもいい」とニュートラルなところに落ち着きかかっている。

けれど世間はまだちょこちょこと突っ込みを入れてくる。

単に家賃がもったいないからと、マンションを購入することにしても、会社の共済に借金を申し込みにいったら、

「結婚相手探した方が早いんじゃないの」

とからかわれたとか、

「今は気ままでいいでしょうけど、年をとったら孤独よ〜」

と呪いをかけるようなことを言われたとかの例は、枚挙に遑《いとま》がありません。

将来への不安は、もちろんだけれど、今現在の問題としても、シングルは不便は不便。デパートのカードを申し込むにも、入院に際しても、

「社会って基本的に、家族がいることを前提にしたしくみをとっているんだなあ」

と感じる。防犯面でも何かと物騒だし、地震、台風などの天災にも、シングルは弱そう。

しかし、社会の中の保守的な部分、旧態依然の役割意識について言えば、結婚しても、いえ、もしかしたら結婚した人こそ、ぎゅうぎゅうに感じているのでは

と、シングル・アゲインをめぐる作品から思います。そのへんは私は、体験では語れず、推察でしかないんですが。

若い未婚シングルは、結婚したら、今の焦りやもやもやが、すべて晴れるように思いがちだけれど、実際に結婚した人の作品を読むと、そうではなさそう。結婚はけっして保障装置などではない。

シングル女性の胸を強烈にえぐる、

「年をとったら孤独よ」

の呪文にも、目をくらまされてはなりません。結婚して孤独な人だって、いっぱいいる。

これさえすればすべて解決する、完全無欠な選択肢なんて、ないってことです。シングルである不安、不便、物騒、孤独、諸々引き受けての再出発である点で、シングル・アゲインは、シングルであることに対して、より意識的かも。

シングルを考えるとは、ここへ来て「個々人が自立した、成熟した大人であるということ」というテーマ性を持つに至ります。

私から見た人生の大先輩のかたがたにも、このアンソロジーには登場していただいています。

そのかたがたが、ずっとシングルだったのか、結婚していたときがあったのか、詮索は無用と感じるほど、いちように肚《はら》が据わっておられた。

人は生まれるときと死ぬときは、ひとり。その真理を改めて思い出します。

そうでなくても、女性は人生の終盤に、ひとりになる可能性が高い。男性より七年長く生きる性だから。子どもも独立するだろうし。

結婚しているか、していないか。三十前後であれほど気になった、女性どうしの差異も、ここへ来て平等化する。最後には、誰もが似たような条件のもとで生きるのです。

そのときを楽しめるか、孤独をかこちながら日を過ごすか、それはあなた次第だと、先輩がたの文章は教えています。

二〇〇六年初夏

岸本葉子

【著者略歴】

光浦靖子《みつうらやすこ》
1971年愛知県生まれ。東京外国語大学インドネシア語科在学中に、幼なじみの大久保佳代と漫才コンビ「オアシズ」を結成してデビュー。その後、お笑い芸人の枠を越え、テレビ、舞台などで女優としても活躍中。また、自らのモテない日常をおかしく、また切なく綴ったエッセイは、広く女性読者の支持を得ている。著書に『ミツウラの鳴らない電話』がある。

藤堂志津子《とうどうしづこ》
札幌市生まれ。1987年『マドンナのごとく』で北海道新聞文学賞、'88年『熟れてゆく夏』で第100回直木賞を、2001年『ソング・オブ・サンデー』で島清恋愛文学賞、2003年『秋の猫』で柴田錬三郎賞を受賞。近著に、『きららの指輪たち』『かそけき音の』『つまらない男に恋をして』『人形を捨てる』などがある。

角田光代《かくたみつよ》

1967年神奈川県生まれ。早稲田大学第一文学部卒業。'90年「幸福な遊戯」で「海燕」新人文学賞を受賞しデビュー。'96年『まどろむ夜のUFO』で野間文芸新人賞、'98年『ぼくはきみのおにいさん』で坪田譲治文学賞、『キッドナップ・ツアー』で'99年産経児童出版文化賞フジテレビ賞、2000年路傍の石文学賞を受賞。2003年『空中庭園』で婦人公論文芸賞を受賞。著書に『みどりの月』『これからはあるくのだ』『エコノミカル・パレス』『愛がなんだ』『トリップ』など多数。

内館牧子《うちだてまきこ》

1948年秋田県生まれ。武蔵野美術大学卒。東北大学大学院修了。脚本家。日本放送作家協会会員。OLを経てシナリオライターに。'92年NHK朝の連続テレビ小説「ひらり」を執筆。作品に映画「BU・SU」、テレビドラマ「想い出にかわるまで」「週末婚」「年下の男」、大河ドラマ「毛利元就」など。著書に、小説『リトルボーイ・リトルガール』『義務と演技』、エッセイ『憎いものが好き』『あやまりたいの、あなたに』などがある。

麻生圭子《あそうけいこ》
1957年生まれ。作詞家を経て現在はエッセイスト。'96年東京から京都へ。'99年、昭和初期の町家を修復、昔暮らしをはじめる。2005年、茶室のある築80年の日本家屋に転居。主な著書に、「東京育ちの京都案内」「京都で町家に出会った」（文春文庫）、「京都がくれた小さな生活。」「小さな食京都案内」（集英社be文庫）など。http://www.keiko-aso.com

香山《かやま》リカ
精神科医・帝塚山学院大学教授。1960年札幌市生まれ。東京医科大学卒。学生時代より雑誌等に寄稿。その後も臨床経験を生かして、各メディアで社会批評、文化批評、書評など幅広く活躍し、現代人の〝心の病〟について洞察を続けている。専門は精神病理学だが、テレビゲームなどのサブカルチャーにも関心を持つ。近著に『テレビの罠』『貧乏クジ世代』『働く女の胸のウチ』『いまどきの「常識」』『〈いい子〉じゃなきゃいけないの？』など。

有吉玉青《ありよしたまお》

1963年東京都生まれ。早稲田大学哲学科、東京大学美学藝術学科卒。ニューヨーク大学大学院演劇学科修了。'89年に、母・佐和子との日々を綴った『身がわり』を上梓し、翌'90年坪田譲治文学賞を受賞。著書に小説『黄色いリボン』『ねむい幸福』『キャベツの新生活』『車掌さんの恋』『月とシャンパン』、エッセイ『ニューヨーク空間』『雛を包む』などがある。

益田ミリ《ますだ》

1969年大阪生まれ。イラストレーター。エッセイ、マンガを手掛ける他に、ふとした日常のつぶやきを五七五にした「つぶやき川柳」でも知られる。著書に『お母さんという女』『女湯のできごと』『「妄想」はオンナの幸せ』『昨日うまれた切ない恋は』『今日も怒ってしまいました。』『すーちゃん』など。

阿川佐和子《あがわさわこ》

東京都生まれ。慶應義塾大学文学部卒業。1983年より報道番組「情報デスクTODAY」のアシスタントを、1989年からは「筑紫哲也NEWS23」のキャスターを務めた。'92年にアメリカへ遊学。現在は、「たけしのTVタックル」、「スタ☆メン」に出演中。また、エッセイストとしても活躍中。檀ふみ氏との共著『ああ言えばこう食う』で'99年講談社エッセイ賞を受賞。初の小説『ウメ子』で坪田譲治文学賞を受賞した。他の著書に、『いい歳旅立ち』『いつもひとりで』『スープ・オペラ』『空耳アワワ』など多数。

森茉莉《もりまり》

（1903年〜1987年）東京生まれ。森鷗外の長女。二度の離婚の後、'57年、父を憧憬する娘の感情を繊細な文体で描いた随筆集『父の帽子』で日本エッセイスト・クラブ賞受賞、作家としての活動を始める。著書に田村俊子賞を受賞した『恋人たちの森』、泉鏡花賞を受賞した『甘い蜜の部屋』『贅沢貧乏』『森茉莉全集』全8巻など。

伊藤理佐《いとうりさ》

1969年長野県生まれ。'87年「月刊Ａｓｕｋａ」で漫画家デビュー。'89年に初の単行本『お父さんの休日』を出版。その後も女性誌、男性誌を問わず、数々の連載を持つ。2005年『おいピータン!!』が、講談社漫画賞・少女部門を受賞。2006年『女いっぴき猫ふたり』『おいピータン!!』その他で手塚治虫文化賞短編賞を受賞。その他の著書に『やっちまったよ一戸建て!!』『結婚泥棒』『おるちゅばんエビちゅ』『渡る世間はオヤジばかり』など多数。

瀬戸内《せとうち》寂聴《じゃくちょう》

1922年徳島市生まれ。東京女子大学卒業。'57年『女子大生・曲愛玲（チュイアイリン）』で新潮社同人雑誌賞、'61年『田村俊子』で田村俊子賞、'63年『夏の終り』で女流文学賞を受賞。'73年得度。'92年『花に問え』で谷崎潤一郎賞受賞。'97年文化功労者。'98年放送文化賞、2001年『場所』で野間文芸賞受賞。主な著書に『美しいお経』『生きることば　あなたへ』『釈迦』『花芯』『寂聴　あおぞら説法』『源氏物語』現代語訳など多数。2002年『瀬戸内寂聴全集』（全20巻）が完結。

まついなつき

17歳より同人雑誌を経由して、ライター、マンガ家、企画、編集など、出版の仕事に携わる。1998年より、松村潔氏に師事。2002年より、初級占星術、タロット実践、占いライター入門など、初心者向け講座を継続中。主な著書に、『笑う出産』、『しあわせ占星術』『断食ダイエット入門』『どうすればほめてもらえるの?』など。

岩井志麻子《いわいしまこ》

岡山県生まれ。1999年「ぼっけえ、きょうてえ」で第6回日本ホラー小説大賞を受賞し、デビュー。同題の作品集で、山本周五郎賞、『チャイ・コイ』で婦人公論文芸賞、『自由戀愛』で島清恋愛文学賞を受賞。その他に、『べっぴんぢごく』『魔羅節』『悦びの流刑地』『黒焦げ美人』『無傷の愛』など著書多数。

岡田信子《おかだのぶこ》

作家。1931年東京生まれ。早稲田大学政治経済学部卒業。'57年アメリカに留学し、ミリガン大学、ジョージタウン大学大学院に学ぶ。約10年間、米国ケースワーカーなどをしながら、小説やドキュメンタリーを執筆。'79年「ニューオリンズ・ブルース」で「オール讀物」新人賞受賞後、単身帰国。現在は執筆、講演を行う。主な著書に『今日を楽しむ! 老いの満足生活』『今日からあなたと老い支度』『たった一人の老い支度実践篇』などがある。

宇野千代《うのちよ》

（1897年〜1996年）山口県生まれ。岩国高女卒。『おはん』により野間文芸賞、『幸福』その他により女流文学賞受賞。主な著書に『色ざんげ』『恋の手紙』『或る一人の女の話』『生きて行く私』『青山二郎の話』『私はいつでも忙しい』『幸福に生きる知恵』『生きる幸福老いる幸福』など多数。

【収録作品出典一覧】

「鏡を見て笑顔の練習を」（光浦靖子）……『ミツウラの鳴らない電話』（文春文庫PLUS　二〇〇五年八月刊）

「ダブルかツインか」（藤堂志津子）……『大人になったら淋しくなった』（幻冬舎文庫　一九九八年四月刊）

「私という天体、彼という宇宙」（角田光代）……『今、何してる？』（朝日文庫　二〇〇五年三月刊）

「どうにかしなきゃ」（内館牧子）……『朝ごはん食べた？』（小学館文庫　一九九八年一月刊）

「結婚をアセる人に、恋をしてる暇はない　好きだけじゃ結婚できない」（麻生圭子）……『昨日より、幸せになる。』（双葉社　一九九五年四月刊）

「走り続けていたら、いつのまにかひとりぼっち。そんなときにはとにかくしゃがみこんで」（香山リカ）……『結婚幻想』（ちくま文庫　二〇〇三年六月刊）

「人はうらやましいけれど」（有吉玉青）……『がんばらなくても大丈夫』（ＰＨＰ研究所　二〇〇四年六月刊）

「ひとり暮らしの不安」（益田ミリ）……『30代いいオンナへの道』（海竜社　二〇〇四年二月刊）

「結婚祝いに思うこと」（岸本葉子）……『楽で元気な人になる』（中公文庫　二〇〇六年一月刊）

「結婚しない十得、子供のいない十得」（阿川佐和子）……『いつもひとりで』（文春文庫　二〇〇三年一一月刊）

「楽しむ人」（森茉莉）……『貧乏サヴァラン』（ちくま文庫　一九九八年一月刊）

「一戸建てに、住んでいる……」（伊藤理佐）……『女いっぴき猫ふたり』（双葉社　二〇〇六年二月刊）

「男に頼らず生きようとする女の愛し方」（瀬戸内寂聴）……『ひとりでも生きられる』（青春出版社　二〇〇二年二月刊）

「「幻想の家」を後にする」（まついなつき）……『愛はめんどくさい』（幻冬舎文庫　二〇〇一年八月刊）　初出：メディアワークス　二〇〇五年二月刊

「シマコの歌舞伎町怪談」（岩井志麻子）……『志麻子のしびれフグ日記』（光文社　二〇〇三年四月刊）

「七十五歳までに最後の引っ越しを」（岡田信子）……『たった一人の老い支度実践篇』（新潮文庫　二〇〇二年九月刊）

「台所より愛をこめて」（宇野千代）……『行動することが生きることである』（集英社文庫　一九九三年一〇月刊）

知恵の森文庫

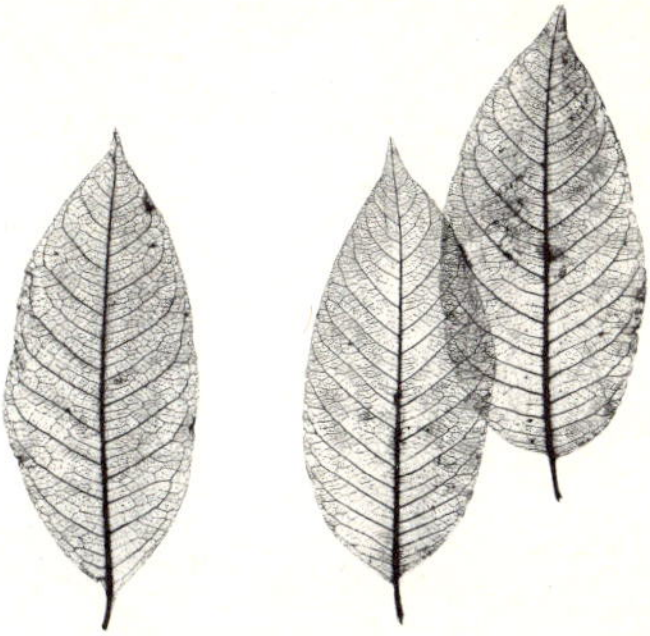

シングルっていいかも 女《おんな》ひとりで想《おも》うこと

岸本葉子《きしもとようこ》／編《へん》

2006年6月15日　初版1刷発行
2006年9月20日　　4刷発行

発行者—古谷俊勝
印刷所—萩原印刷
製本所—榎本製本
発行所—株式会社光文社
〒112-8011　東京都文京区音羽1-16-6
電話　編集部(03)5395-8282
販売部(03)5395-8114
業務部(03)5395-8125

ISBN4-334-78428-3　Printed in Japan

お願い

この本をお読みになって、どんな感想をもたれましたか。「読後の感想」を編集部あてに、お送りください。また最近では、どんな本をお読みになりましたか。これから、どういう本をご希望ですか。

どの本にも誤植がないようにつとめておりますが、もしお気づきの点がございましたら、お教えください。ご職業、ご年齢などもお書きそえいただければ幸いです。当社の規定により本来の目的以外に使用せず、大切に扱わせていただきます。

東京都文京区音羽一・一六・六
（〒112-8011）
光文社〈知恵の森文庫〉編集部
e-mail:chie@kobunsha.com